|全译本|

草原上的小木屋

[美]劳拉·英加尔·怀尔特 著

傅怡 译

陕西新华出版
陕西人民出版社

图书在版编目（CIP）数据

草原上的小木屋 /（美）劳拉·英加尔·怀尔特
(Laura Elizabeth Ingalls Wilder) 著；傅怡译.
西安：陕西人民出版社，2025.3. -- （小书虫读经典）.
ISBN 978-7-224-15557-0

Ⅰ.I712.84

中国国家版本馆CIP数据核字第2024W73970号

草原上的小木屋
CAOYUANSHANG DE XIAOMUWU

作　者	［美］劳拉·英加尔·怀尔特
译　者	傅　怡
出版发行	陕西人民出版社
	（西安市北大街147号　邮编：710003）
印　刷	文畅阁印刷有限公司
开　本	787毫米×1092毫米 1/32
印　张	7.5
字　数	126千字
版　次	2025年3月第1版
印　次	2025年3月第1次印刷
书　号	ISBN 978-7-224-15557-0
定　价	49.00元

如有印装质量问题，请与本社联系调换。电话：029-87205094

前面会更好。
　　——[美]劳拉·英加尔·怀尔特

种好处女地
——"小书虫读经典"总序

梅子涵

儿童并不知道什么叫经典。在很多儿童的眼里,你口口声声说的经典也许还没有路边黑黑的店里卖的那些粗制滥造的漫画好看。现在多少儿童的书包里装着的都是那种漫画,还有那些迅速瞎编出来的故事。那些迅速瞎编故事的人都当上富豪了,他们招摇过市、继续瞎编,扩大着自己的富豪王国。很多人都担心呢!我也担心。我们都担心什么呢?我们担心,这会不会使我们的很多孩子成为一个个阅读的"小瘪三"?那么什么叫阅读的"小瘪三"呢?大概的解释就是:没有读到过什么好的文学作品,你让他讲个故事给你听听,他一开口就很认真地讲了一个低俗段子,他讲的时候还兴奋地笑个不停,脸上也有光彩。可是你仔细看看,那些光彩不是金黄的,不是碧绿的,不是鲜红的。那是怎样的呢？你去看看那是怎样的吧，仔细地看看，我不描述了，总之我也描述不好。

所以我们要想办法。很多年来，人类一直在想办法，让儿童们阅读到他们应该阅读的书，阅读那些可以给他们留下美好印象，使他们永远感到温暖，变得善良智慧，懂得生命哲理的书；那些等他们长大以后，能充满留恋地想到、说起，而且心里和神情都很体面的书。是的，体面，这个词很要紧。它不是指涂脂抹粉再出门，当然，需要的脂粉也应该涂抹；它不是指穿着昂贵衣服上街、会客，当然，买得起高价衣服也不错，买不起，那就穿得合身、干干净净。我现在说的体面是指另一种体面。哪一种呢？我想也不用我来解释吧，也许你的解释会比我的更恰当。

人的一生中童年是无比美妙的，也是必须栽培的。如果不把"经典"往这美妙里栽培，这美妙的童年长着长着可能就会弯弯曲曲、怪里怪气了。这个世界实在是不应当有许多怪里怪气、内心可恶的成年人。这个世界所有的让生命活得危险、活得可怜，让很多条道路都不通罗马的原因，几乎都可以从这些坏人的脚印、手印，乃至屁股印里找到证据。让他们不再出现的根本方法究竟是什么，我们目前无法说得清楚，可是我们应该相信，种好处女地，把真正的良种栽入童年这块干净的土地，是幼小生命可以成长，并且可以优质地成长的一个关键前提，是一个每个大人都可以试一试的好处方，甚至是一个经典处方。否则这么多年来世界上各个国家都喊着"经典阅读"简直就是瞎喊了。你觉得这会是瞎喊吗？我觉得不会！当然不会！

我在丹麦的时候，曾经在安徒生的铜像前站立过。他为儿童写过最好的故事，但是他没有成为富豪。铜像的头转向左前方，安徒生的目光如童话般软和、缥缈，那时他当然不会是在想怎么成为一个富豪！陪同我的人说，因为左前方是那时人类的第一个儿童乐园，安徒生的眼睛是在看着那个乐园里的孩子们。他是在看着那处女地。他是不是在想，他写的那些美好、善良的诗和故事究竟能栽种出些什么呢？他好像能肯定，又不能完全确定。但是他对自己说：我还是要继续栽种，因为我是一个种处女地的人！

安徒生铜像软和、缥缈的目光也是哥本哈根大街上的一个童话。

我是一个种处女地的人。所有的为孩子们出版他们最应该阅读的书的人也都是种处女地的人。我们每个人都应当好好种，孩子们也应当好好读。真正的富豪，不是那些瞎编、瞎出烂书的人，而应当是孩子，是我们。只不过这里所说的富豪不是指拥有很多钱的人，而是指拥有生命里的体面、高贵的情怀的人，是指孩子们长大后，怎么看都是一个像样的人，从里到外充满经典气味的人！这不是很容易达到的。但是，阅读经典长大的人会渴望自己达到这种境界的。这种渴望，本身就已经很经典了！

劳拉·英加尔·怀尔特

（1867—1957）

劳拉一家

可爱的劳拉

玛丽和劳拉

译者序

《草原上的小木屋》是作者劳拉·英加尔·怀尔特（1867—1957）"小木屋"系列丛书中的一本，也是最具代表性的一本。作者劳拉出生于美国中部的威斯康星州，全家到西部拓荒。这本书就是作者根据自身的经历写成的。书中讲述了美国西部拓荒者的生活，他们虽然要四处迁徙，但生活中从未缺少乐趣。作者劳拉凭借"小木屋"系列丛书取得了成功，成为美国儿童文学作家"梦之队"的成员之一。她的书也被翻译成多种文字，广泛传播，受到广大读者的喜爱。

从这本书中，我能感受到劳拉一家生活的艰辛：他们离开居住已久的大森林中的小木屋，来到印第安人居住的地区，在这片大草原上开始新的生活。他们不怕路途中的艰辛,来到草原后,面对新的环境,他们建起小木屋,盖起马厩,挖井。他们遇到过狼群,经历过印第安人的突然造访,还染上过可怕的热病。面对种种艰难困苦,他们都不怕,因为这些也是生活的一部分,而且他们相信只要一家人团结和睦就会战胜种种困难。他们在草原上也有很多幸福快乐的日子:他们一起享受盖房子的快乐,结识了爱德华先生和斯科特夫妇,他们邻里间互相帮助,像亲人一样彼此关心。闲暇之余,爸爸还会拿出小提琴,拉上一曲又一曲,优美的旋律配上动听的歌声,偶有伴舞。在这辽阔的草原上,远离尘世的喧嚣,一切是那么恬静而美丽,让身心尽情舒展。

  书中的每一处环境描写都很细腻,语言也抒情柔美。正是书中细致而传神的环境描写,才让读到这本书的人不禁向往书中的生活。那环境仿佛世外桃源,令人心驰神往。试想一下,茫茫的大草原上,视野是那么辽阔。在这空旷的世界里,建造一座小木屋,打一口井,圈养几只家畜,偶尔去远处的镇上购置一些生活用品,再了解一些外界的信息,让自己既生活在现实中,又超脱于世俗之外。周边的树林里和小溪边还有很多野味、野果可以丰富自己的餐桌。白天,广袤的蔚蓝天空上飘着朵朵白云,躺在柔软的草丛里,让全身心得以舒展;到了晚上,黑暗的天空上点缀着点点星光，在草原上点起一堆篝火，弹奏一件乐器，合着旋律轻轻哼上几句，黑夜顿时不再孤单，四周也不再冷清。文中的每一处描写都将这些景象呈现出来，让人向往，让人忘却忧愁，想做一个简单而快乐的人。

　　书中对人物的刻画也很细腻，让人感觉很亲近。有百折不挠、关心家人的查尔斯爸爸，他不顾辛劳建造起小木屋，让一家人温暖而开心地生活。他遇到狼群能沉着应对，最终平安归来。他是孩子们心中神圣可亲的爸爸。有勤劳、勇敢的妈妈，她操持着家人的饮食起居，把他们照顾得无微不至，遇到危险时能处变不惊。她是孩子们心中和蔼善良的妈妈。有聪明、懂事的劳拉，她帮着照顾妹妹，在爸爸建房子时帮爸爸递东西。有幽默友好的爱德华先生，他是劳拉一家到达大草原后遇到的第一个邻居，他和查尔斯爸爸互相帮助，一起建造好小木屋。有文静的玛丽。有惹人喜爱的小宝宝琳琳。有忠诚、听话的狗狗杰克，它一直跟随在劳拉一家身边。本以为渡河的时候杰克被湍急的河水冲走了，但它后来又平安回来了。它遇到狼群也毫不退缩。

　　总之，这本书很适合孩子阅读，尤其适合小学中年级学生阅读。在阅读中，孩子会懂得做每件事都要乐观，要有耐心，要坚持下去。这本书也很适合家长们和孩子一起读。在读书的过程中，家长会逐渐领悟到教育孩子的真谛，逐渐感受到书中所蕴含的内在美。

Little House on the Prairie

目　录

第 一 章　　到西部去 / 1

第 二 章　　强渡溪流 / 9

第 三 章　　在草原上扎营 / 17

第 四 章　　在草原上的日子 / 24

第 五 章　　在草原上盖小屋 / 33

第 六 章　　搬进新家 / 45

第 七 章　　狼群 / 51

第 八 章　　两道坚固的门 / 62

第 九 章　　有壁炉了 / 67

第 十 章　　小木屋盖好了 / 74

第十一章　　屋里来了印第安人 / 82

第十二章　　新鲜的饮用水 / 91

第十三章　得克萨斯长角牛 / 100

第十四章　印第安人的营地 / 107

第十五章　热病 / 114

第十六章　烟囱起火了 / 125

第十七章　爸爸到镇上去 / 132

第十八章　高个子印第安人 / 143

第十九章　圣诞老人的礼物 / 152

第二十章　深夜的尖叫声 / 162

第二十一章　印第安人聚会 / 169

第二十二章　草原大火 / 177

第二十三章　印第安人的战斗呐喊 / 185

第二十四章　印第安人走了 / 195

第二十五章　军队要来了 / 202

第二十六章　离开大草原 / 209

第一章 到西部去

很多年前,劳拉一家离开了居住已久的大森林里的小木屋。他们与亲人告别,在寒冷的冬天,驾着马车,向印第安人居住的地方驶去了……

许多年前,当你我的爷爷、奶奶辈还是小孩子,甚至还没出生时,爸爸妈妈就带着劳拉、玛丽和小宝宝琳琳离开了居住已久的威斯康星州大森林中的小木屋。他们赶着马车离开了,只留下小木屋孤零零、空荡荡地坐落在林间的空地上。

他们要去印第安人居住的地方。

爸爸说,森林里居住的人越来越多了。劳拉常能听到砍树的声音,但那并不是爸爸发出的声音;她也常听到枪声的回音，但也不是爸爸开的枪。小木屋前面的幽静小道已变成了一条大道，几乎每天都会有马车经过。每当这时，好奇的劳拉和玛丽就会停止玩耍，站在那儿看着马车缓缓驶过。

森林里的人多了，野生动物就少了。爸爸不喜欢这样的环境，他喜欢住在有野生动物常常出没的地方，他喜欢看到小鹿和鹿妈妈透过树荫看着自己，还喜欢看到又懒又胖的熊躲在树丛中吃梅子的样子。

在漫长的冬夜里，爸爸对妈妈说起了西部。在西部，土地辽阔而平坦，没有树，但有又密又高的草。在那里，野生动物自由地享受食物，如同生活在不愁吃喝的牧场里。那儿的草原一望无边，只有印第安人居住在那里。

冬季将要结束的一天，爸爸对妈妈说："既然你不反对，那么咱们就去西部看看。有人想买这个地方，我们可以卖到一个好价钱，足够我们在新的地方开始新的生活了。"

"哦，查尔斯，我们必须现在就走吗？"妈妈问道。天气这么冷，而小木屋里这么温暖舒适。

"是必须要走啊。"爸爸说，"要是冰融化了，我们就没法过密西西比河了。"

就这样，爸爸卖掉了小木屋，也卖掉了母牛和小牛。

他用核桃树枝条做成弓形架子，固定在马车的车厢上。妈妈把白色的车篷套在上面。

天刚要亮的时候，妈妈轻轻地唤醒玛丽和劳拉，借着炉火和烛光帮她们梳洗，然后给她们穿得暖暖的。在红色的长法兰绒内衣的外面，给她们穿上羊毛衬裙和羊毛大衣，又穿上羊毛长袜，再套上大衣，戴上小兔儿帽子和绒线手套。

小屋里除了床、桌子、椅子，其他东西都已经搬上了马车。不带走家具，是因为爸爸可以随时做新的。

地上已有薄薄的积雪，空气很凉，周围很静，天还没亮。树木光秃秃地立着，空中还有寒星在闪烁。东方已经泛白，灰蒙蒙的树林中有了一点儿亮光，那是爷爷、奶奶、叔叔、婶婶和堂兄妹们来送她们了。

劳拉和玛丽抱着手中的布娃娃，一句话也不说。堂兄妹们在周围看着她们，奶奶和婶婶们一次次地拥抱她们，很不舍地与她们告别。

爸爸把枪挂在车篷上，把子弹和火药筒挂在枪下面，又把小提琴慢慢放在枕头中间。叔叔们帮爸爸把马套上马车，大人们嘱咐堂兄妹们与玛丽和劳拉告别。爸爸把每个人都安置好后，就驾驶马车离开了小木屋，小狗杰克在后边跟着。

小木屋的百叶窗是关着的，所以它不会看着他们离开。它被木栅栏围着，站在两棵大橡树后面。每到夏天，橡树就搭起一片树荫，玛丽和劳拉在下面快乐地玩耍。而现在小木屋离她们越来越远了。

爸爸许诺，等到了西部，就可以见到印第安小孩儿了。

"印第安小孩儿长什么样呢？"劳拉问道。爸爸说过，印第安小孩儿的个子很小，皮肤很红。

他们在积雪的树林里走了很久，才来到了佩平镇。玛丽和劳拉以前来过这儿，但现在它和以前不一样了。商店和房子的门都关着，树桩也都被雪覆盖着，没有孩子在外面玩耍。树桩间有好多木材，有两三个穿皮靴、戴皮帽的大人在外面走动着。

妈妈、劳拉和玛丽在篷车里吃抹着蜂蜜的面包，马吃袋子里的玉米，爸爸去商店用兽皮兑换一些必需品。他们不能在这里待太久，因为必须在当天穿过湖面。

湖面很光滑，很广阔，一直延伸到灰色的天边。湖面上有很多马车过后留下的痕迹，它们通向很远的地方，最后消失无踪。

爸爸驾车来到冰面上，沿着以前的车辙走，车轮不时地发出吱吱的响声。身后的小镇和商店变得越来越小，周围十分静寂。

劳拉看到前面出现了一片树林，树林里有一座小木屋，劳拉顿时感到心情舒畅了。小木屋里没人，房子很小很奇怪，里面却有壁炉和床铺。当壁炉生起火后，屋子里暖和了。那天晚上，劳拉、玛丽、妈妈和小宝宝琳琳一起睡在屋内的壁炉边，而爸爸睡在外面的篷车里，看着车和马。

夜里，劳拉被一阵奇怪的响声惊醒了。那声音像是枪声，但比枪声响得更久，她一次又一次地听到，因此始终睡不着。后来，妈妈说："那是冰裂开的声音。快睡吧，劳拉。"

第二天一早，爸爸说："幸好昨天过了湖面，卡罗琳，否则就过不来了。"

"我也是这么想的，查尔斯。"妈妈温柔地说。

劳拉之前没想到过这些，但听到这些话，还是有些后怕，心想：幸好过来了，否则真是不堪设想啊。妈妈看到劳拉有些害怕，忙说："你吓着孩子了，查尔斯。"爸爸赶快把劳拉拥入怀里。

"我们已经渡过密西西比河了！"爸爸高兴地抱着劳拉说，"高兴吗，孩子？你愿意去印第安人居住的地方吗？"

劳拉说她喜欢，又接连问了好多问题，爸爸告诉她要走很远的路才能到达印第安人居住的地方。就这样，他们一天天地行走着，但要是遇到河水涨水，就得等水退了才能走。

一天，他们来到一条宽阔的大河前，河上没有桥。那是密苏里河。爸爸把马车赶到一个竹筏上，他们才晃晃悠悠地到了河对岸。

又过了几天，他们看到了一个个山丘。在一个山谷里，篷车深深地陷进了黑污泥里。又赶上大雨倾盆，雷电交加，马车里的东西都湿了，他们只能躲在篷车里吃着冰凉的食物。

第二天，爸爸在山脚下找到了可以扎营的地方。雨停了，但也必须等溪水退去、泥沼干了，才能把马车拖出来。

一天，他们看到一个很高很瘦的男人骑着一匹黑马从树林里走出来。他和爸爸聊了一会儿，然后两人一起走进树林。回来时，他们都骑着黑马。原来爸爸用两匹疲惫的棕色马换了两匹小黑马。

这两匹小黑马很漂亮，爸爸说它们是西部的野马，温驯而强壮，最重要的是它们跑得快。爸爸让劳拉和玛丽给它们取名字。经过思考，一匹马叫帕蒂，一匹叫佩特。河水慢慢退了，路面也比较干了，爸爸把马车拖了出来，把马套上马车,继续前进。

他们一路经过了威斯康星州大森林,穿过了明尼苏达州、艾奥瓦州和密苏里州。杰克一路上跟着马车小跑着。现在他们准备穿过堪萨斯州了。

堪萨斯州是个一望无际的平原,平原上的草随风而动,他们一天天地在这上面行走着。抬头是广阔无垠的天空,像一个大圆盖,而篷车就在这圆盖下前进着。帕蒂和佩特不停地走着,但圆盖依然罩着他们。天边泛出了淡红色,慢慢地,一切都笼罩在黑暗中。风吹着草丛,发出沙沙的声音,很凄凉。营火在这黑暗中是那么渺小,只是一点儿微弱的光。天上的星星一闪一闪的,那星光似乎离地面很近,劳拉觉得伸手就能摸到。

第二天,一切还是老样子,玛丽和劳拉已经感觉有些厌倦了。她们坐在床上灰色的毯子上,篷车侧面的帆布已经卷起来绑好。草原上的风吹进来了,她们的头发被吹得很乱,强烈的阳光让她们睁不开眼。

偶尔会有大野兔跳进草丛中,但杰克根本不去理会,跑了这么远的路,它早已累了。马车继续颠簸地走着,车后的两道车辙就这样延伸着,直到很远的地方。

爸爸弓着腰,手里握住缰绳,风吹拂着他长长的棕色胡须。妈妈安静地坐着,小宝宝琳琳睡在柔软的小被窝里。

"啊——"玛丽打了个哈欠。劳拉说:"妈妈,我们能不能下车跑着呀?我的腿都僵了。"

"不行,劳拉。"妈妈说。

"那我们能早点儿扎营吗?"劳拉问。因为从中午到现在似乎过去很长时间了。

爸爸说:"还不行,现在还有点儿早呢。"

"我想现在就停下来,我好累啊。"劳拉说。

妈妈说了声:"劳拉。"劳拉就不再说话了。妈妈这是不想让劳拉有太多的抱怨,但劳拉心里还是不停地抱怨着。

"我们快到一条小溪或是小河了。"爸爸说,"孩子们,看到前面的树林了吗?"

劳拉站起来,她看到远方有一片很矮的黑影。"那是树。"爸爸说道,"从它们的形状看就知道那是树。有树就有水,我们今晚就住那里了。"

第二章　强渡溪流

　　帕蒂和佩特轻快地跑着，它们似乎很高兴，但很快遇到了一个分岔路口。决定好前进方向后，他们途经悬崖，当过河时，又遇到罕见的河水涨潮。他们还将经受哪些考验呢？

　　帕蒂和佩特轻快地跑着，它们似乎很高兴。劳拉站在马车里，紧紧抓住车篷架。从爸爸的肩头上向远处望去，就可以看见树了。这些树和劳拉以前看到过的都不同，它们和灌木丛差不多高。

　　"吁！"爸爸让马停下。"现在该走哪条路呢？"他自言自语道。

　　路在这儿分成了两条，看不出走哪条道的车多一些，两条道路上都有车轮留下的模糊的痕迹。一条往西，另一条有点儿下坡、向南，两条道又很快消失在随风摆动的草丛里。

"我觉得还是走下坡好些。"爸爸决定了，"小河在下面的洼地里，这应该是通向浅湾的。"爸爸让帕蒂和佩特转向南走。

这条路上下起伏，现在，他们离那些树更近了，但树并没有变高。劳拉突然被吓坏了，紧紧抓住篷架，因为从帕蒂和佩特的鼻子下望去，竟看不见随风浮动的草了，甚至连地面也看不见了，向远处望去，什么也没有。

路在那里拐了个弯。其中有过惊险，沿着悬崖走，让人瞬间感到窒息。但后来马车再一次走到平地上，原来刚才那狭窄的沟壑是通向河边低地的。这里有一棵高大的树。在树丛的阴影下，有些鹿躺在里面，很难发现。它们偶尔会回头看看马车，有些小鹿还好奇地想把马车看清楚呢。

劳拉也感到惊奇，因为她并没有看到河流。河边的低地很宽，要走近了才能看清小河。空气还是很闷热。在这里，草长得稀稀疏疏，被小鹿啃得短短的。

过了一会儿，那光秃秃的红土悬崖已经在马车后面了。但当帕蒂和佩特停下来喝水时，悬崖似乎就隐藏在山

第二章 强渡溪流

丘和树林后面。

空气很沉闷,只听得见湍急的水流声。河岸边有许多树,因此树荫下的河水很暗,水流很急,还不时泛着点点蓝光。

"这河水很深的。"爸爸说,"但我们应该过得去。这里应该比较浅,还有车走过的痕迹呢。你觉得呢,卡罗琳?"

"你说行就行,查尔斯。"妈妈回答。

帕蒂和佩特抬起它们湿湿的鼻子,竖着耳朵,看着河流,然后又把耳朵朝向后面,听爸爸怎么说。它们喘着气,把鼻子凑在一起,就像在说悄悄话。而杰克在河流上方舔着溪水。

"我得把马车的篷布绑好。"爸爸说道。于是他把帆布和绳子都拉紧,篷车只留下一个小洞,从里往外根本看不到什么。

玛丽蜷缩在车上,她害怕湍急的河水。劳拉却很高兴,她喜欢飞溅的水花。爸爸爬上座位,说:"河中间水很深的,马得游过去才行啊。但我们过得去的,卡罗琳。"

劳拉想到了杰克,说:"把杰克也抱上来吧,爸爸。"

爸爸没有回答,他紧紧抓住缰绳,妈妈说:"杰克能游过去的，劳拉。"

马车慢慢前行，水花四处飞溅，拍打到马车上，声响很大，车子也晃起来了。突然，车子浮起来了，随着河水一直往前漂着，那感觉很有趣。

水浪声终于停了，妈妈突然说："孩子们，快躺下！"劳拉和玛丽迅速躺下，妈妈用一条很厚的毯子，把她们从头到脚裹好。

"乖乖躺着，不许动！"她说。

玛丽好好躺着，还有些发抖。可劳拉却忍不住想动动，她想偷偷看看外面发生了什么事。她能感觉到马车在摇晃，还打着转，水浪拍打在马车上，很响，然后就消失了。突然，爸爸吼道："拉住缰绳，卡罗琳！"

突然，一个大浪从侧面打过来，马车一下子倾斜了。劳拉一下子坐了起来，掀开身上的毯子。

爸爸不见了，妈妈坐在那里，双手紧握住缰绳。玛丽把脸深深埋在毯子里，可劳拉却直起身子，但她看不见河岸，马车前只是滚滚的河水。她能看见河水里冒出的三个头：帕蒂的头、佩特的头和爸爸那又小又湿的头。爸爸的手在水里牢牢地抓住佩特的笼头。

河水滚滚，但能依稀听到爸爸的声音，那声音听起来平静而开心，但妈妈的脸苍白，她被吓着了。

第二章 强渡溪流

"躺下,劳拉。"妈妈说。

劳拉就躺下了,但她感觉浑身冰冷,有些恶心,她只能紧闭双眼。接下来的好长一段时间,马车都摇摇晃晃的,玛丽在无声地哭着,劳拉更不舒服了。就在这时,马车的前轮好像碰到什么了,发出很大的声响。爸爸大声喊着,马车也猛烈地晃着。劳拉又站了起来,抓住前座。她看到帕蒂和佩特湿湿的后背,它们正努力爬上河岸,爸爸在它们旁边大叫着:"嘿,帕蒂,加油!嘿,佩特,加油!加油,上来了,好样的!"

马终于爬上岸了,它们终于稳稳地站在河岸上,喘着气,身上滴着水。

爸爸浑身湿透了，大口地喘着气，妈妈喊道："天哪，查尔斯！"

"好啦，卡罗琳。"爸爸说，"我们安全啦。我从来没见过河水涨得这么快，帕蒂和佩特水性都很好，但也是因为有我帮着它们呢。"

"幸好是有惊无险啊。"爸爸说。妈妈说："查尔斯，你全身都湿透了。"

还没等爸爸说话，劳拉突然叫道："啊，杰克哪儿去了？"

他们居然忘记了杰克，他们把它丢在了河的另一边。它本应该跟在他们后面拼命追赶他们的，现在却看不见它的影子。

劳拉忍住不让自己哭出来，她觉得哭出来是很丢脸的事，但她的心里很难受。一路上，杰克都忠心地跟着他们，但他们现在把它弄丢了，他们本可以把它抱上车来的呀。它就站在河岸上，望着马车离它而去，好像他们根本不需要它，但事实是他们真的很需要它呀。

爸爸说，他绝不会做出对不起杰克的事，要是知道河水会突然涨起来，就不会让杰克游水了。"可现在说什么都晚了。"爸爸说。

爸爸沿着河岸来回地找杰克，但都没有找到。最后实

第二章 强渡溪流

在没办法，等大家休息得差不多了，他们只好继续赶路。

劳拉一路上都在回头看，尽管知道再也见不到杰克了，但她心中还是抱有一丝希望。不过她什么也看不见，后面只有蜿蜒起伏的小山丘。而在河的对岸，又出现了那些奇怪的红土悬崖。

后来，他们面前又出现了一片高高的山崖，在这些崖壁之间有一条裂隙，能依稀看见车轮印。帕蒂和佩特就这样一直走着，直到裂隙渐渐变宽，再次看到无边的草原。

草原上没有路，甚至看不到模糊的车辙或马蹄印，似乎从来没人来过。只有高高的野草覆盖着无边的大地，大地的上面是广阔的天空。远处，太阳轻轻触摸大地的边缘，迸射着光芒。天边泛出淡粉色的光辉，粉色上面是黄色，然后是蓝色，蓝色上面就没有颜色了。紫色的阴影笼罩着大地，风在低声地吟唱着。

爸爸让马车停下，他和妈妈跳下车，准备扎营，玛丽和劳拉也下了车。

"啊，妈妈，"劳拉伤心地说，"杰克去天堂了，是吗？它是这么好的一只狗，它能上天堂吗？"

妈妈不知道该怎么回答。爸爸说道："是的，劳拉，它会上天堂的。上帝连一只小麻雀都不会忘记，怎么会忘记像杰克这么好的狗呢？"

劳拉听了心里好受了点儿,但她也高兴不起来。爸爸不像往常那样边工作边吹着口哨,过了一会儿,他说:"在荒野里生活,没有杰克,我们该怎么办?"

第三章　在草原上扎营

　　来到大草原上，爸爸像往常一样扎营。渡河后的安定，让一家人坐在一起吃了一顿舒心的晚餐，但晚餐后突然传来哀嚎声，让一家人顿时紧张起来，难道是狼吗？又会发生什么呢？

　　爸爸像往常一样在扎营。他先把帕蒂和佩特解开，卸掉它们身上的马具，再把它们拴在马桩绳上。马桩绳是一根长绳子，另一头拴在打进地里的铁桩上，这样它们就只能在绳子够得着的地方吃草了。不过，帕蒂和佩特被拴住后做的第一件事就是在地上打滚儿，直到它们感觉身上所有的束缚全消失了才算完。

　　在帕蒂和佩特打滚儿的同时，爸爸在一旁拔草，清出了一片空地。这是为了避免干草着火把整个草原都烧光。

　　清出空地后,他在空地中间放了一堆干草,然后到河边捡来一些小树枝和枯木。他先在干草上放一些小树枝,然后放大一点儿的树枝,最后放一块枯木。爸爸点燃火,干草和树枝发出噼噼啪啪的声音,在这空地上,火是不会蔓延的。

　　爸爸又从小河里提了些水来,玛丽和劳拉帮着妈妈做晚饭。妈妈把一些咖啡豆放进咖啡磨里,让玛丽帮着磨。劳拉把水倒进咖啡壶里,妈妈把壶和烤锅都放在炭火上。等锅热了,她先用猪肉皮擦擦锅,然后将玉米面、盐和水混在一起,拍成饼放进锅里,盖上盖子。接着,爸爸又加了一些炭火,妈妈把腌猪肉切成薄片,放进一只三脚锅里煎着。

　　咖啡煮开了,玉米饼烤好了,肉片也煎熟了,散发出的香喷喷的味道让劳拉觉得更饿了。

　　爸爸把马车上的坐垫搬到火堆边,他和妈妈坐在坐垫上,劳拉和玛丽坐在马车的辕杆上,他们每个人都拿着一个铁盘子,还有一副带白色骨柄的刀叉。妈妈和爸爸各有一个杯子,小琳琳也有一个小杯子,而玛丽和劳拉只能合用一个。她们都不能喝咖啡,只有长大后才可以喝。

　　吃晚饭的时候,一团紫色的阴影笼罩在营火周围。四处黑黑的，静悄悄的，只听见风轻轻地拂过草丛，只看见星星在广阔的天空中闪着光芒。此刻的营火让人感觉温暖而舒心，晚餐大家吃得都很开心，就连帕蒂和佩特也满足地嚼着青草，发出咯吱咯吱的声响。

"我们得在这里待一两天了。"爸爸说，"也许就住下不走了。这里的土地很肥沃，河边低地上也有很多木材，还有很多猎物，总之，我们需要的这里都有。你觉得呢，卡罗琳？"

"如果再走远点儿，没准儿还不如这里好呢。"妈妈说。

"不管怎样，我明天再去附近看看。"爸爸说道，"我带上枪，给大家弄点儿野味吃。"

他用一块烧红的木炭点燃了烟斗，然后舒服地伸开双脚。烟草燃烧的烟雾和营火的温热融在一起。玛丽打了个哈欠，从马车的辕杆上滑下来，坐在草地上。劳拉也开始打哈欠了。妈妈很快把铁盘子、杯子和刀叉洗好，又刷了烤锅和煎锅，最后把洗碗布也洗干净了。

过了一会儿，妈妈突然停下来，她听到从黑暗的草原上传来了哀嚎声。他们都知道那是什么声音，那声音让劳拉觉得后背发凉，头皮发麻。

妈妈抖了抖洗碗布，走到暗处，把洗碗布晾在高大的野草上面。她走回来时，听到爸爸说："是狼，我估计在半英里外。嗯，有鹿的地方总会有狼。我希望……"

爸爸并没说出他所希望的是什么，但劳拉知道，爸爸希望杰克还在。以前在大森林里，每当听到狼嚎叫的时候，劳拉就知道杰克不会让它们来伤害她的。想到这里，她鼻子酸酸的，她使劲地眨眨眼睛，不让眼泪流出来。刚才那只狼，或许是另一只，又开始嚎叫了。

"孩子们，该睡觉了！"妈妈愉快地说。玛丽站起来转过身，让妈妈解开纽扣。但劳拉跳起来，一动不动地站在那儿。她看见什么东西了，在不远处的黑暗中，有两点绿色的光贴着地面闪烁着，那是两只眼睛。

一股凉气蹿上劳拉的后背，她感觉头发都竖起来了。那两点绿光在移动，闪一下又灭掉了，然后又闪一下，离他们越来越近了。

"看，爸爸，快看！"劳拉说，"一只狼！"

爸爸并没有很快行动，但他已经从马车上拿出了枪，并准备朝那对绿眼睛射击。那绿眼睛停止不动了，在黑暗中直瞪着爸爸。

"那不可能是狼，除非是只疯了的狼。"爸爸说。妈妈把玛丽抱进车里。"不是狼，"爸爸又说，"马没有受到惊吓，帕蒂和佩特还在那里吃草呢。"

第三章 在草原上扎营

"难道是山猫?"妈妈说。

"或者是土狼?"爸爸说着捡起一根小木棍,大喊一声扔了出去。那绿眼睛贴着地面,好像想先趴下再跳起来。爸爸举枪瞄准,它一动不动。

"别过去,查尔斯。"妈妈说。但爸爸慢慢朝那绿眼睛走过去,那绿眼睛也慢慢贴近地面靠近他。劳拉能看清它了：它全身黄褐色的，还有斑点。紧接着爸爸叫了起来，劳拉也叫了起来。

接下来她紧紧地抱住了不停蹦跳的杰克，它喘着粗气，扭动着身子，还不时伸出温暖湿润的舌头舔着劳拉。劳拉抱不住它，它跑到爸爸妈妈那儿去，然后又跑回到她这儿来。

"吓了我一大跳！"爸爸说。

"我也是。"妈妈说，"不过咱们小声点儿，别把小琳琳吵醒啦。"妈妈抱着小琳琳，让她入睡。

杰克一切都好，它躺在劳拉身边，长长地舒了一口气。它肯定很累，眼睛红红的，腹部沾满了泥。妈妈给了它一块玉米饼，它舔了舔，有礼貌地摇摇尾巴，但它太累了，吃不下去。

"真不知道它游了多久。"爸爸说，"也不知道它爬上岸前被冲了多远。幸好它找到了我们，劳拉还以为是一只狼，我差点儿拿枪打死它呢。"

杰克会知道他们不是有意的。劳拉问它："你知道我们不是故意的，对吧，杰克？"杰克摇了摇尾巴，它明白的。

睡觉时间到了，爸爸把帕蒂和佩特拴在马车后面，让它们吃食槽里的玉米。小琳琳又睡着了，妈妈帮玛丽和劳拉脱掉衣服，给她们换上睡袍。杰克在马车下疲惫地转了三圈，就躺下来睡了。

劳拉和玛丽在马车里做了睡前祈祷，然后爬上床，妈妈亲吻了她们，说了声晚安。

在马车的后面，帕蒂和佩特在吃着玉米。草丛里几乎没什么声音，只有树林里的猫头鹰在"呼——呜——"地叫着，更远处，还有猫头鹰回应着。草原的远处也有狼的嚎叫，杰克也低沉地嗥了一声。马车里的一切安全而舒适。

敞开的车顶上挂满一颗颗星星，一闪一闪的。劳拉心想，爸爸起身就可以摸到它们，真希望爸爸能摘下最大的那一颗送给她。她很清醒，忽然她大吃一惊，那颗最大的星星在向她眨着眼睛呢。

后来她醒了，但那已是第二天的早晨了。

第四章 在草原上的日子

　　草原上的日子安静而惬意：爸爸给马儿喂食物，去河边打水，还去打猎，妈妈则清洗衣物；玛丽和劳拉在大草原上玩着，看小地鼠，采野花。到了晚上，一家人围着营火，一边听爸爸拉小提琴，一边欣赏着美丽的星空……

　　劳拉的耳边响起了微弱的马蹄声，还有谷子倒进食槽的沙沙声，那是爸爸在喂帕蒂和佩特呢。

　　"往后点儿，佩特，别贪心。"他说，"你知道轮到帕蒂吃了。"

　　佩特跺跺脚，叫了一声。

　　"好啦，帕蒂，在你自己那边吃。"爸爸说，"这边是佩特的。"

然后帕蒂也叫了一声。

"哈!被咬了吧?"爸爸说,"你该受点儿教训,我早告诉你要吃自己的。"

玛丽和劳拉对视一眼,不禁笑了起来。她们闻到了腌肉和咖啡的香味,听到了烤饼的咝咝声,连忙从床上爬起来。

玛丽会自己穿衣服了,只是后背中间的扣子够不着。劳拉帮她扣上后,玛丽也帮劳拉扣好。她们在台阶上的脸盆里洗手洗脸,妈妈为她们梳好头发,爸爸去河边打来了清水。

接着,她们坐在干净的草地上,把锡盘放在腿上,吃着盘子里的薄饼和腌肉。

太阳升起来的时候,她们身边的草丛里有影子晃动着。这时,云雀也从草地里飞起,飞向蔚蓝的天空,一边飞着,一边唱着歌。天空中飘来几朵白云,还有许多小鸟飞来飞去,低声唱着歌,爸爸说那是美洲雀。

"小雀,小雀!"劳拉对着它们喊,"小雀儿。"

"劳拉,好好吃饭。"妈妈说,"即使现在我们远离人群,也要注意礼貌。"

爸爸温和地说:"这儿离独立镇就四十英里了,卡罗琳,在这附近肯定会有邻居的。"

"嗯,四十英里。"妈妈说,"但不管怎样,在饭桌上唱歌是不礼貌的,在吃东西的时候也一样。"她又补充说:"因为这里没饭桌。"

这里只有辽阔的草原,野草随风而动,蔚蓝的天空中,鸟儿飞来飞去,欢快地唱歌。因为太阳刚刚升起,在这片辽阔的草原上,还看不到有人来过的痕迹。

在这广阔的天地间,只停着一辆小马车,边上坐着爸爸、妈妈、劳拉、玛丽和小琳琳,他们正在吃早餐。马儿在嚼着玉米,杰克静静地蹲在地上,尽量不向主人讨食物。妈妈不许劳拉边吃饭边喂它,但她还是给它留了点儿食物。妈妈用剩下的面糊给杰克做了一张大玉米饼。

草丛里到处是兔子,还有上千只松鸡,但今天杰克不能自己出去找早餐,爸爸要去打猎,杰克要看守营地。

爸爸先把帕蒂和佩特拴在马桩上,再从马车旁取了木桶,到河边打了一桶水,妈妈要洗衣服。

接着爸爸拿好小斧头,带好火药筒、枪和子弹,他对妈妈说:"你慢慢做,卡罗琳。等想走的时候我们再走,有的是时间。"

然后他就走了。刚开始还能看到爸爸的上半身在草丛里移动,但慢慢地,身影越来越小,最后就消失在视野中了，草原上又是一片空旷。

妈妈在马车里整理着床铺，玛丽和劳拉帮着洗碗。她们把盘子整齐地放在盒子里面，又把散落的小树枝扔到火堆里，然后把木块堆在马车旁边。这样，营地的一切就很干净了。

妈妈从车里拿出装着肥皂液的木杯，卷起袖子，挽起裙子，蹲在草地上的水桶边，开始洗被单、枕套、白色内衣裤、外衣和衬衫，然后铺在干净的草地上晾干。

玛丽和劳拉到处跑着，探索着草原上的一切，但她们不能走太远。在阳光下、草丛间，和风赛跑，那真是太好玩啦。大兔子被吓得乱窜，鸟儿们时而展翅高飞，时而停下来蹦蹦跳跳。到处都能看到小鸟，还能在草丛中发现它们的小窝。这里还能看见褐色条纹的小地鼠。

这些小地鼠的身体看起来像天鹅绒那样柔软，有着明亮的圆眼睛、皱巴巴的鼻子和细小的爪子，它们从地洞里蹦出来，抬头看着玛丽和劳拉。它们后腿并拢，前腿紧贴在胸前，就像立在地面上的一小截木棍，要不是它们的眼睛闪闪发光，没人会注意到那是小动物。

玛丽和劳拉想抓一只送给妈妈，她们试了一次又一次，有一次差点儿就逮住它了。小地鼠总是一动不动地站在那里，等你刚要摸到它，它就一下子不见了，只留下地上的一个洞。

突然，草原上飘过一片阴影，小地鼠都消失了。一只鹰在头顶上低飞着，劳拉可以看到鹰的眼睛正瞪着她。鹰有着尖利的嘴和凶猛的爪子，它随时准备扑下来袭击小地鼠。不过，除了玛丽、劳拉以及地上的洞，它什么也没找到，只好有些扫兴地飞走了。

接着，小地鼠们又全都跑出来了。

这时差不多到中午了。太阳高悬在空中。玛丽和劳拉在草丛中摘些野花送给妈妈，来代替小地鼠。

妈妈正在叠晾干的衣服，洗完的小短裤和裙子看起来比雪还白，被太阳晒得暖暖的，还带有野草的气息。妈妈把衣服放进马车里，接过野花。她喜欢玛丽送的花，也喜欢劳拉送的花，她把所有的花放在一起，放进盛满水的锡杯子里。妈妈把锡杯子放在马车的阶梯上，让整个营地更漂亮。

接着，她把凉凉的玉米饼掰开，抹上糖蜜，分给玛丽和劳拉各一块。这就是她们的午餐，玉米饼吃起来可香了。

"印第安小孩儿在哪儿呢，妈妈？"劳拉问道。

"劳拉，嘴里有东西的时候别说话。"妈妈说。

劳拉把嘴里的东西咽了下去，然后说："我想见印第

第四章 在草原上的日子

安小孩儿。"

"唉!"妈妈说,"你为什么想见印第安人呢?以后会经常遇见他们的,多得让你看不过来。"

"他们不会伤害我们吧?"玛丽问。玛丽总是很乖,她从不在吃东西的时候讲话。

"不会!"妈妈说,"你们可别这么想。"

"妈妈,你为什么不喜欢印第安人呢?"劳拉问。这时手上的糖蜜掉了,她伸出舌头去舔。

"我就是不太喜欢他们。别舔手指,劳拉。"妈妈说。

"这是印第安地区了吗?"劳拉问,"如果你不喜欢他们,那我们为什么要来这里呢?"

妈妈说,她不知道这儿是不是印第安地区,也不知道是不是堪萨斯州的州界。不过,印第安人不会在这儿待太久的。爸爸从一个住在华盛顿的人那儿听说,印第安地区很快要对外来定居者开放了,也许现在已经开放了。他们不太清楚,因为这儿离华盛顿太远了。

接着,妈妈从马车里拿出熨斗,并在火边加热。她往玛丽、劳拉和小琳琳的衣服上喷了点儿水,又在自己的印花布裙上喷点儿水,然后在马车的坐凳上铺开一条毯子和一张床单,便开始熨衣服了。

小琳琳还在车里睡觉。劳拉、玛丽和杰克就坐在马车的阴影下，因为太阳光很强。杰克疲倦地眨着眼睛，妈妈一边熨衣服，一边哼着歌儿。在她们周围只有野草随风起伏，天空中还有几朵白云飘来飘去。

劳拉很快乐，风吹过草丛，发出沙沙的声音，像是在歌唱。草原上还有蝈蝈叫声，从河边的树林里还传来了嗡嗡声，这些声音汇在一起，让人感觉安静、温暖和幸福。劳拉从没发现过让她如此喜欢的地方。

直到醒来，劳拉才发现自己刚才睡着了，杰克站在旁边，摇着尾巴。太阳下山了，爸爸正从草原那边走过来。劳拉跳起来，跑过去，在这野草随风起伏的草原上，父女俩的影子聚到一起了。

爸爸提起手中的猎物让劳拉看。他手上拿着一只兔子，那是她见过的最大的兔子，还有两只大松鸡。劳拉高兴地跳起来，边拍手边叫。然后她抓着爸爸的一只衣袖，蹦蹦跳跳地往回走。

"这里到处都是猎物。"爸爸说，"我看见了五十只鹿，还有羚羊、松鼠、兔子和各样的鸟儿，河里还有好多鱼。"他对妈妈说："告诉你，卡罗琳，我们需要的东西这儿都有，我们可以像国王一样地生活！"

晚餐很丰盛，他们坐在营火边，吃着可口而美味的烤肉，直到吃不下为止。等到放下盘子，劳拉满足地叹口

第四章 在草原上的日子

气，觉得世界上再不需要其他的什么了。当天边褪去了最后一抹晚霞，黑暗再次降临，晚上的风很凉，但营火很温暖。河边树丛中的鸟发出哀鸣声，过一会儿星星出来了，鸟儿们都安静下来。

星光下，爸爸拉起了小提琴，还不时唱一两句。琴音是那么甜美，爸爸随着琴声唱着：

> 见过你的人都会爱上你，
> 你是我心中最爱的人……

天上的星星又大又亮，低低地挂着，仿佛随着音乐在颤抖。劳拉喘了口气，妈妈急忙走来，问道："怎么了，劳拉?"劳拉轻声说:"星星在唱歌呢。"

"你一定做梦了。"妈妈说,"那是琴声,现在到睡觉的时间了。"

妈妈在营火旁帮劳拉脱下衣服,换上睡衣,然后把她抱上床。星光下琴声悠扬,这个夜晚充满了美妙的音乐,劳拉相信,有些音乐一定是大草原上的星星们唱出来的。

第五章　在草原上盖小屋

　　第二天，劳拉和玛丽很早就起床了，他们一家来到了大草原上，决定在这里盖一座小屋。爸爸开始往回运木头，一点儿一点儿地盖房子。后来他们还结识了爱德华先生，他们一起盖房子，共享晚餐，快乐地唱歌……

　　第二天一早，玛丽和劳拉很早就起床了。她们吃着玉米粥和松鸡肉，吃完就帮妈妈洗盘子。爸爸正往马车上装东西，又把帕蒂和佩特套上车。

　　太阳升起时，他们已经在草原上了。草原上还没有路，帕蒂和佩特费力地穿行，马车后留下车轮印。

　　还没到中午，爸爸喊了声"吁！"，马车就停了下来。

"到了，卡罗琳！"爸爸说，"我们就在这里盖一座房子。"

劳拉和玛丽急忙从车篷里钻出来，跳到地上。他们周围除了茂密无边的草原外，什么都没有。

离他们不远的北方，有一条小河，那儿还有深绿色的树冠，再远处还有黄土悬崖的轮廓。东边很远处，似乎有一条断断续续的绿线横在草原上，爸爸说那是一条河。

"那就是弗底格里斯河。"爸爸指着它对妈妈说。

爸爸和妈妈开始卸东西了，他们把马车里所有的东西搬出来，堆在地上，又取下车篷，盖在上面，最后把车厢也卸下来了。玛丽、劳拉和杰克一直在旁边看着。

很长一段时间，马车就是他们的家，但现在车被拆得只剩下四个车轮和车架了。帕蒂和佩特依旧被套在车辕上。爸爸拿着一只水桶和一把斧子，赶着马车走向草原，一会儿就看不见了。

"爸爸去哪儿了？"劳拉问。妈妈说："他去河边砍些木头回来。"

在这大草原上，没有了马车的感觉很奇怪，还有点儿害怕。草原和天空看起来都很大，劳拉觉得自己很渺小。她想像小松鸡似的躲进深深的草丛中，但她没有，而是帮妈妈干活。玛丽坐在草地上，照看着小琳琳。

第五章 在草原上盖小屋

劳拉和妈妈先用车篷搭起一个帐篷,在帐篷里铺好床。然后妈妈开始整理箱子和包袱,劳拉则把帐篷前的杂草除干净,这样就有空地可以生火了,但还需要等爸爸带些木柴回来。

接下来就没事做了,劳拉在帐篷周围四处逛逛。她在草丛间发现了一条奇怪的小路,如果你只是随风眺望草原,是不会发现的。但当你走近时,就会看到这条笔直的小路。它一直通向很远处。

劳拉沿着小路走了一会儿,她越走越慢,最后停下来。她觉得很奇怪,于是转身往回跑。她不时地回头张望,并没看到什么,但还是急忙往回跑。

当爸爸载着一车木头回来时,劳拉告诉他这条通道,爸爸说他昨天就看见了。"那是以前道路的痕迹。"爸爸说。

那晚,一家人围坐在营火旁,劳拉问爸爸什么时候才能看到印第安小孩儿,爸爸说不知道。他说:"如果印第安人不想见我们,那就见不到他们。"爸爸还是小孩子时,曾在纽约州见过印第安人,但劳拉没见过。她只知道他们是皮肤红红的"野人",他们用短柄斧子当武器。

爸爸了解所有的动物,所以他也应该知道印第安人。劳拉想,爸爸总会让她见到印第安人的。

这几天爸爸都在往回运木头,他把木头堆成两堆,一

堆盖房子，一堆盖马厩。爸爸驾着车往返于帐篷和河边，渐渐压出一条路来。晚上，帕蒂和佩特被拴在木桩上吃草，周围的草都快被吃光了。

爸爸开始盖房子了。他先在地上用脚步量出房子的大小，然后用铁锹在两边各挖出一条浅沟。爸爸选出两根最粗的圆木，放进浅沟里。这两根圆木要很结实，要能撑起整座房子，也叫"基木"。

接着，爸爸又选了两根粗大的圆木，把它们滚到基木上，与基木相接，组成四方形，然后在这两根圆木的末端砍出一个又宽又深的槽。他砍的凹槽在两根圆木的上方，他不时地用眼睛估量着基木，这样凹槽正好卡住基木的一半。

等凹槽砍好后，就把圆木滚上去，这些木头就正好卡在基木上了。

房子的地基打好了。第二天，爸爸开始搭墙壁。他在四方形的每面都滚进一根圆木，在圆木上砍出凹槽，这样就能卡住下面的圆木。现在房子有两根木头那么高了。

圆木在房子的四个角被固定在一起，但圆木不可能是笔直的，总会有一头粗，一头细，因此墙面会留下些缝隙。但没关系，爸爸会把缝隙补好。

爸爸一个人把房子盖到了三根木头那么高，接下来，妈妈就得帮着爸爸了。爸爸先把一根木头的一端抬上去，然后妈妈扶着，爸爸再抬另一端。他站在墙上，在圆木两端各开出凹槽，妈妈帮他把圆木滚过来，扶好，让爸爸把圆木放好，以保证房子的四角很正。

就这样，他们一根根地把圆木架上去。墙壁越来越高了，直到劳拉爬不上去。她对搭墙壁没兴趣了，就跑到草丛中去探索了。突然，劳拉听到爸爸喊道："放开！快从下面出来。"

一根又粗又重的圆木滑下来，爸爸用力撑住那木头，不让它压到妈妈。但它还是滑了下来，妈妈被压倒，蜷缩在地上。

劳拉和爸爸冲到妈妈身边，爸爸跪下来喊着妈妈的名字，妈妈急忙说："我没事。"

圆木压在妈妈脚上，爸爸抬起木头，妈妈把脚抽出来。爸爸轻轻地检查妈妈的脚，看有没有骨折。

"活动一下手。"爸爸说，"后背疼吗？头能动吗？"妈妈动了动胳膊，转了转头。

"谢天谢地。"爸爸说，他把妈妈扶起来，妈妈又说："我没事，查尔斯，只是脚有点儿疼。"

爸爸赶紧把妈妈的鞋和袜子脱掉，帮她活动脚踝、脚背和每一个脚趾。"这里疼吗？"爸爸关切地问。

妈妈脸色有点儿白，她嘴唇紧闭，说："不是很疼。"

"没骨折。"爸爸说，"就是严重扭伤。"

妈妈也轻松地说："扭伤好得快，别担心，查尔斯。"

"都怪我。"爸爸说，"我应该用枕木。"

爸爸把妈妈扶进帐篷，然后去生火烧水。当水热到妈妈可以承受的温度时，妈妈把脚浸进热水里。

太幸运了，脚没被压坏，多亏地面的小坑。

爸爸不断地往盆里加热水，妈妈的脚被烫得红红的，肿胀的脚踝开始变紫。妈妈把脚拿出来，擦干后用布条裹紧。"我能走了。"妈妈说。

但她穿不上鞋，于是又多缠了些布条。她像往常一样做饭，只是动作慢些。爸爸说，妈妈脚好之前，是不能帮着盖房子了。

爸爸后来做了几根枕木，就是几根很长的厚木板，一头放在地上，一头搭在墙上。爸爸不用扛圆木了，他和妈妈会把圆木滚上去。

但妈妈的脚还没恢复，她的脚还是青一块、紫一块的，盖房子的事得等等了。

一天下午，爸爸高兴地从小河边回来，还吹着口哨。爸爸一看到她们就喊了声："好消息！"

他们有一个邻居，在小河的对岸，叫爱德华先生，爸爸在树林里遇见了他。"他是个单身汉。"爸爸说，"他答应先帮我们盖房子，等他把木头准备好，我再过去帮他盖。"

盖房子的事终于不用等了。"你觉得怎么样，卡罗琳？"爸爸兴奋地问。妈妈说："真好，查尔斯，我太高兴了。"

第二天一早，爱德华先生来了。他又瘦又高，有些黑，他客气地向妈妈鞠躬，还叫她"夫人"。但他告诉劳拉，他是来自田纳西州的野孩子。他穿着长靴和工作服，戴了顶熊皮帽子。他能把嚼完的烟草吐很远，而且还能吐中他选定的目标。劳拉也试了试，但没他吐得那么远，那么准。

39

他干活很快，一天之内他们就把墙搭到了爸爸预想的高度。他们干活时边讲笑话边唱歌，木屑四处乱飞。

他们在墙壁上架起用细木头做成的屋顶架，然后在南墙上挖出一个大洞做门，在西墙和东墙上砍出方形的洞，当作窗户。

劳拉迫不及待地想知道屋里是什么样子。等门洞被砍开，她就钻了进去。哇，阳光从缝隙透进来，屋里的东西都呈现条形的色带，影子照在劳拉的手上、胳膊上和脚上。草原的味道和木屑的气味混在一起，闻起来很舒服。

当爸爸在西墙砍窗洞时，阳光一下射进来，等他砍完，屋里的地上就铺开了一大片阳光。

沿着门洞和窗洞的边缘，他们又钉了一层木板，除了房顶，房子基本建好了。墙壁很结实，屋子很大，还很漂亮。

爱德华先生说该回去了，但爸爸和妈妈坚持留他吃晚饭。妈妈特地做了一顿丰盛的晚餐。

晚餐有炖野兔肉，面粉做的糕团和肉汁，还有夹着腌肉的玉米面包，上面抹了一层糖蜜。

爱德华先生说这晚餐太好了，他非常喜欢。

接着，爸爸拿出小提琴。

爱德华先生躺在草地上，听爸爸拉琴。爸爸先拉了玛

第五章 在草原上盖小屋

丽和劳拉最喜欢的曲子,边拉边唱。劳拉很喜欢这首歌,因为爸爸唱的时候,声音会越来越低沉。

哦,我是个吉卜赛国王!
我自由自在地来来往往!
晚上我拉下睡帽,
从容地活在这世上。

然后他的声音越来越低,比牛蛙的声音还低。

哦,
　　我是
　　　　一个
　　　　　　吉卜
　　　　　　　　赛
　　　　　　　　　国王!

大家都笑起来,劳拉更是大笑。

"哦,爸爸,再唱一遍!再唱一遍!"她大叫着,后来想到小孩子不能无礼地大叫,就停下来了。

爸爸继续拉琴,气氛活跃了。爱德华先生跳着站起

Little House on the Prairie 草原上的小木屋

来，开始跳舞了。他在月光下，就像一只大野兔。爸爸继续拉着琴，唱着歌，脚打着拍子。劳拉和玛丽拍着手，脚也轻轻打着节拍。

"你是我见过的最会拉小提琴的人！"爱德华先生边跳边称赞爸爸。爱德华不停地跳着，爸爸不停地拉着，他拉了《阿肯色的旅行者》《爱尔兰的洗衣女》《魔鬼的笛子》等等。

音乐让小琳琳没有睡意，她坐在妈妈怀里，瞪着眼睛看着爱德华先生，拍着手，笑着。

营火也随风起舞了，只有新房子安静地站在黑暗中，直至圆月升起，月光照在灰色的墙壁和四周黄色的木屑上。

爱德华先生说该回去了，他要回到河对岸的家，还有很长的路。说完，他拿起枪，对玛丽、劳拉和妈妈道了晚安。他说单身汉的生活很寂寞，今晚他享受到了家庭的温暖。

"继续拉吧，查尔斯！"他说，"用音乐送我一程！"说完，他沿着小路远去了。爸爸一直拉着小提琴，爱德华、劳拉和爸爸一起大声唱着：

老塔克是个好老头，
他在煎锅里洗脸，
用马车轮梳头，
却因为牙疼死去。

快给老塔克让路，
不然他就吃不上晚饭了，
饭吃完了，盘子也洗了，
除了一块南瓜饼，什么都没剩！

老塔克到镇上去，

骑着骡子，牵着狗……

广阔的草原上回荡着爸爸洪亮的声音和劳拉细细的声音，从河边还远远传来爱德华先生的歌声：

快给老塔克让路！
不然他就赶不上晚饭了。

当爸爸停止拉琴时，已经听不到爱德华先生的歌声了，只听见风吹草地的沙沙声。明月当空，但看不见一颗星星，草原沉浸在皎洁的月光中。

这时，河边树林里的夜莺开始歌唱了。

万物静寂，只听见夜莺的歌声。突然，夜莺停止歌唱，没人开口讲话，玛丽和劳拉很安静，爸爸妈妈一动不动地坐着。爸爸拿起琴，轻轻拨弄琴弦，音符像水滴一样落进这片静寂中。爸爸稍稍停了一下，开始模仿夜莺的歌声，夜莺回应了一声，和爸爸一起歌唱。

琴声停下时，夜莺还在唱。它一停下来，爸爸就用琴声唤它，它就又开始唱。在月光下，夜莺和小提琴这样彼此应和着。

第六章　搬进新家

"墙搭好了。"爸爸早上对妈妈说,"我们现在就搬进去……"他们开始忙碌地收拾小屋。到了晚上,一家人躺在小屋里,看着月光洒进屋里,心里是满满的幸福……

"墙搭好了。"早上爸爸对妈妈说,"虽然还没有地板和门窗,但我们最好尽快搬进去。我也尽快把马厩盖好,让帕蒂和佩特也有个窝。昨晚,我听到了狼嚎声,那声音好像离我们还挺近的。"

"哦,你有枪,我不担心的。"妈妈说。

"是的,还有杰克呢。但如果你和孩子们住在屋里,我会更放心的。"

"我们怎么还没见到印第安人呢？"妈妈问道。

"哦，我也不知道。"爸爸不经意地说，"我在悬崖边看见过他们的营地，也许他们现在去打猎了。"

接着，妈妈喊道："孩子们，太阳出来了！"玛丽和劳拉从床上爬起来，穿好衣服。

"赶紧吃早饭。"妈妈一边说，一边把昨晚剩的兔肉放进盘子里，"我们今天要搬进屋里了，所以屋里的木屑要扫干净。"

于是她们很快吃完早饭，赶紧去屋里扫木屑。她们来回地跑着，用裙子兜满木屑，然后把木屑倒在营火旁。不过最后，屋里的地面上还有一些木屑，妈妈就用柳树条去打扫。

妈妈的脚已经好很多了，但还有点儿跛。不过，她很快打扫完屋子，玛丽和劳拉开始往屋里搬东西。

爸爸站在墙上，把帆布车篷盖在屋顶架上。帆布车篷被风吹得上下晃动，爸爸的胡子也被吹得乱飞，他紧紧抓住帆布，与风抗衡着。有一会儿，风吹得太猛烈了，劳拉以为爸爸要松手了，但爸爸还是紧紧压住帆布，最终把它绑在了屋顶架上。

"好了！"爸爸对帆布说，"好好在这儿待着，乖……"

"查尔斯!"妈妈说,她正抱着被子,用责备的眼光看着爸爸。

"好好听话。"爸爸对帆布说,"怎么,卡罗琳,你以为我要说什么呢?"

"哦,查尔斯!"妈妈说,"你这调皮鬼!"

爸爸沿着墙角爬下来。圆木的末端突出一截,正好可以当梯子。他用手梳了梳头发,结果头发更乱了。妈妈大笑起来,爸爸便上去抱住妈妈。

爸爸说:"你觉得小屋怎么样?"

"能住在里面我很高兴。"妈妈说。

小屋还没有门和窗户。下面没有地板,只有地面;上面没有房顶,只有帆布篷。但房子有坚固的墙壁。有了小屋,他们就不用匆匆赶路了。

"我们在这儿会过得很好的,卡罗琳。"爸爸说,"这儿是个好地方,一辈子在这儿我都会很快乐。"

"以后住的人多了呢?"妈妈问。

"没关系,不管住多少人,我也不觉得挤,你啊你,看天空多广阔啊!"

劳拉明白爸爸的意思,她也喜欢这里,喜欢这里的天空,这里的风,还有那一望无边的大地,这儿的一切都是那么无拘无束。

到吃午饭时，屋子已经收拾好了。床在地上铺好了，很整洁，拿车座和两个圆木桩当椅子。爸爸的枪挂在了门口的木桩上。箱子和包袱整齐地摆放着。这真是个舒服的屋子，一道柔光透过帆布顶照进来，太阳光让四壁的每条缝隙都闪着光。

只有营火留在原处。爸爸说会尽快在屋里搭一个壁炉。在冬天到来之前，他会砍些木头做屋顶。他还会铺好地板，做床、桌子和椅子。不过，这些都得等帮爱德华先生盖好房子，给帕蒂和佩特盖好马厩后再做。

"等这些做好了，"妈妈说，"我还要一个晾衣架。"

爸爸笑着说："是啊，我们还要有口井呢。"

吃完饭，爸爸套上帕蒂和佩特，从河边拉回一大桶水，给妈妈洗衣服用。"你可以去河边洗衣服。"爸爸说，"印第安妇女都是那样做的。"

"如果要像印第安人那样生活，你应该开个烟囱，在屋里生火，让烟冒出去。"妈妈说，"印第安人都那样。"

下午，妈妈在桶里洗完衣服，然后摊在草地上晾干。

晚饭过后，他们在营火旁坐了一会儿。从今晚开始，他们住在屋里了，他们谈到威斯康星州的亲戚，妈妈希望给亲戚寄一封信，但这里离独立镇四十英里，除非爸爸去那里的邮局，否则没法寄信。

第六章 搬进新家

在遥远的大森林里,爷爷、奶奶、叔叔、婶婶,还有兄弟姐妹们,他们不知道劳拉一家现在在哪里。劳拉一家坐在营火旁,也不知道大森林里发生了什么。

"好了,该睡觉了。"妈妈说。小琳琳已经睡着了。妈妈把她抱进屋里,给她脱衣服,玛丽帮劳拉解开外衣和衬裙后面的扣子。爸爸在门口挂了一条毯子,然后走到屋外,把帕蒂和佩特牵到房子旁边。

爸爸回头对妈妈说:"卡罗琳,出来,看看月亮。"

玛丽和劳拉躺在房子内的地铺上,透过窗口朝天空望去。劳拉不禁坐起来,看那明月在天空中越升越高。

月光透过缝隙照进来,屋里洒满银光。屋里很亮,劳拉能看见妈妈掀开毯子走了进来。

劳拉趁妈妈没注意,快速躺下。

她听到帕蒂和佩特轻声对爸爸叫着,又听到马蹄声,爸爸牵着帕蒂和佩特往小屋走来,她还能听见爸爸在唱歌:

　　银色的月亮啊,升起来!
　　把你的光辉洒遍天空……

他的歌声与夜晚、月光和草原融合了,他走到门前,还在唱着:

　　在那淡淡的银白月光下……

妈妈轻声说:"嘘,查尔斯,你会吵醒孩子们的。"

于是爸爸轻轻地走进来,杰克跟在后面,在门口躺下了。现在全家人舒服地躺在新房子里了。劳拉朦胧中听到远处传来的狼嚎声,但她不太害怕,一会儿就睡着了。

第七章　狼群

　　爸爸和爱德华先生搭好了马厩，屋顶也弄好了，这样他们可以安心地睡觉了。第二天，爸爸骑着帕蒂去草原上到处看看，因为家里还有很多肉，就没带枪，可谁知……好不容易回到家，到了晚上，他们又遇到了惊心动魄的事情……

　　一天之内，爸爸和爱德华先生不但为帕蒂和佩特搭好了马厩，而且把屋顶也铺好了。他们一直干到很晚，妈妈做着晚饭，安静地等着他们。

　　马厩没有门，但爸爸在月光下找了两根粗木桩立在马厩的两边，将它们深深插进土里。他把帕蒂和佩特赶进马厩里，再把劈开的小木板层层叠起来，用木桩卡住它们，形成一道坚固的墙。

"好了！"爸爸说，"让狼去嚎叫吧！今晚我可以睡个好觉了。"

第二天早晨，爸爸拿开木桩后面的木块时，劳拉大吃一惊——佩特身边站着一匹长耳朵、长腿的小马！劳拉连忙跑过去，但一向温顺的佩特却竖起耳朵，向她咬牙咧嘴。

"别过去，劳拉！"爸爸赶紧说。然后他又对佩特说："好了，佩特，我们不会伤害你的孩子的。"佩特听后，叫了一声来回答。它让爸爸摸那小马驹，但不让玛丽和劳拉靠近。即使她们透过墙壁向里面偷窥，佩特也向她们翻白

第七章 狼群

眼、龇牙。她们没见过小马驹的耳朵这么长，爸爸说它其实是个小骡子，但劳拉说它像一只大野兔，所以她们给它取名叫"小兔儿马"。

爸爸把佩特拴在马桩上，小兔儿马在它身边跳来跳去。这时劳拉必须看好小琳琳，因为除了爸爸，任何人一靠近小兔儿马，佩特就会愤怒地冲过来咬人。

星期天下午，爸爸决定骑着帕蒂去草原上到处看看，因为家里还有很多肉，所以就没带枪。

爸爸骑着马穿过高高的草丛，沿着河边的悬崖走了一会儿，小鸟在他前面飞来飞去，然后落进草丛中。爸爸一边骑马，一边朝河边望去，也许是在看河边吃草的小鹿。突然帕蒂飞奔起来，转眼间它和爸爸的身影变小了，消失在随风摇摆的草丛中了。

天色晚了，爸爸还没回来。妈妈拨动火堆里的木炭，又加了点儿木屑，开始做晚饭。玛丽在屋里照顾小琳琳，劳拉问妈妈："杰克怎么了？"

杰克来回地走动，显得很不安。它竖起鼻子对着风嗅，脖子上的毛一会儿竖起来，一会儿倒下，一会儿又竖起来。佩特突然跺起蹄子，围着马桩绕圈，然后又站着不动，低低地嘶叫了一声，小马驹紧紧地靠在它身边。

"怎么了，杰克？"妈妈问它。它抬头望着妈妈，什么也说不出来。妈妈朝四周看了看，没发现什么异常。

"好像没什么，劳拉。"妈妈说。她把炭火放在咖啡壶和煎锅的周围和壁炉上。不一会儿，松鸡肉发出咝咝的声音，玉米饼散发出香气。妈妈常常抬起头环顾下四周。杰克还是不安地走来走去，佩特也不肯吃草，面朝西北方向，就是爸爸离开的方向，小马驹紧靠在它身边。

突然，帕蒂从草原那边跑过来，它拼命地跑着，爸爸俯着身子，几乎贴在它背上了。

它朝马厩冲了过去，爸爸全力把它拉住。它全身颤抖着，口吐白沫，满身是汗。爸爸从它身上跳下来，也是气喘吁吁。

"查尔斯，怎么回事？"妈妈问。

爸爸朝河边望去，妈妈和劳拉也朝那边望去。但她们只看到河边低地的一片草原和一些树，还有遥远的悬崖顶。

"怎么了？"妈妈又问，"你为什么骑这么快？"

爸爸长吸一口气，说："我担心狼群会追上我，不过现在没事了。"

"狼群？"妈妈叫道，"有狼吗？"

"没事了，卡罗琳。"爸爸说道，"让我先歇会儿。"

爸爸歇了一会儿，说："我没让帕蒂跑那么快，我只是紧紧拽住它。有五十只狼,卡罗琳,我从没见过这么多狼。哪怕给我再多钱,我也不想经历这些事了。"

这时,草原上出现一片阴影,太阳落山了。爸爸说:"我等会儿再给你讲。"

"咱们到屋子里吃晚饭吧。"妈妈说。

"不用了。"爸爸说,"如果有事,杰克会提前告诉我们的。"

爸爸解开佩特和小马驹,他没像往常那样带它们去河边喝水,而是让它们在妈妈的水桶里喝,那水本是第二天用来洗漱的。爸爸把帕蒂腿和身上的汗擦干,再把它和佩特、小兔儿马一起关进了马厩里。

杰克蹲在劳拉身边,它竖着耳朵,四处倾听。它不时往黑暗处走几步,围着营火转几圈,再回到劳拉身边。它不像刚才那样嗥叫了,但牙还是露出一点儿。

劳拉和玛丽一边吃着玉米饼和松鸡肉,一边听爸爸给妈妈讲狼群的故事。

爸爸又发现一些邻居,他们住在河的两岸。离这儿不到三英里的洼地里,一对夫妇正在盖房子。爸爸说他们姓斯科特,人都很好。

再往前走六英里,两个单身汉住在一个屋子里,屋子只有八英尺宽。他们在屋子的正中央做饭,吃饭。

爸爸还没讲到关于狼群的故事,劳拉希望他快点儿讲,但她也知道爸爸说话时不应该插嘴。

爸爸说那两个单身汉不知道这地方还有别人,除了印第安人,他们没见过别人,所以他们见到爸爸很高兴,爸爸就在那儿多待了会儿。

然后爸爸又往前走,在草原的一个小高地上,又发现河边低地有一个小白点,他猜那是一辆篷车,结果真是。爸爸走近一看,发现是一对夫妇和五个孩子,他们从艾奥瓦州来的,因为一匹马生病了,他们只好在河边扎营。马好多了,可是河边空气很糟,他们染上了热病和疟疾,夫妇俩和三个大孩子病得很严重,只有小男孩和小女孩照顾他们。

爸爸尽力帮了他们,又把情况告诉了那两个单身汉。其中一个单身汉把他们一家接到了草原上,他们会很快康复的。

事情一件接一件,爸爸回家就晚了,他就在草原上抄近路走。当他骑着帕蒂往回走时,突然出现一群狼,它们迅速把爸爸围了起来。

"那是一大群狼。"爸爸说,"有五十只,我一生都没见过那么大的狼。它们肯定是传说中的野牛狼。领头的是只大灰狼,差不多三英尺高,当时我头发都竖起来了。"

第七章 狼群

"何况你又没带枪。"妈妈说。

"我也想到了这点,就算带着枪也没用,一支枪对付不了五十只狼。"

"那你怎么办呢?"妈妈问道。

"没有办法。"爸爸说,"帕蒂想跑,我也想赶快离开那里,但我也知道,只要帕蒂一跑,那些狼就会冲上来把我们吃掉,所以我拉紧帕蒂慢慢走。"

"天哪!查尔斯!"妈妈吓得吸了一口气。

"说真的,给我多少钱,我也不愿意经历这样的事了。卡罗琳,我没见过那样的狼。一只大狼在我身边小跑着,我几乎可以踢到它的肋骨。但它们根本对我不感兴趣,它们肯定刚饱餐了一顿。

"告诉你,卡罗琳,那些狼紧紧围着我和帕蒂,跟着我们一起走。大白天,身边跟着一群狼,一边走,一边打闹着,还互相咬来咬去,就像一群狗。"

"天哪,查尔斯!"妈妈又说。劳拉瞪大眼睛,心跳加快,看着爸爸。

"帕蒂浑身发抖,我也吓出了冷汗,但还是控制它慢慢走,就这样,在一大群狼中,走了差不多四百米。那只大狼一直在我身边跟着,好像它想待在那儿似的。

"然后,我们来到一个凹地的边缘,领头的灰狼往下走去了，其他狼也跟着走了。等到最后一只狼跑下去，我就让帕蒂快跑。

"它穿过草原，一直跑回家。一路上我还是很害怕，担心狼群会追来，更担心它们会跑在我们前面。我庆幸把枪留给了你，卡罗琳，而且房子盖好了，我知道你可以用枪把它们挡在房子外面，不过佩特和小马驹在外面。"

"别担心，查尔斯。"妈妈说，"我可以照顾我们的马。"

"我那时已经昏头了。"爸爸说，"我知道你会保护我们的马，卡罗琳。那些狼不会来，如果它们饿着，我就回不来了。"

"小孩子耳朵灵。"妈妈说，她的意思是别吓着玛丽和劳拉。

"好了，现在没事了。"爸爸说，"那些狼离这里好几英里呢。"

"它们为什么走呢？"劳拉问爸爸。

"我也不知道，劳拉。"爸爸说，"我猜它们刚刚吃饱了，急着去河边喝水。也许只是来草原玩玩，不关心别的事情。也许知道我没带枪，不会伤害它们。也许是它们没见过人，不知道人会伤害它们。"

帕蒂和佩特在马厩里不安地动着，杰克也围着营火走

第七章 狼群

着，每当它停下来，脖子上的毛就竖起来。

"孩子们，该睡觉了！"妈妈说。就连小琳琳都不想睡觉，不过妈妈还是带她们进了屋。她让玛丽和劳拉上床睡觉，给小琳琳换上睡袍，把她放在大床上，然后出去洗碗。玛丽和劳拉静静地躺在床上，小琳琳坐起来，在黑暗中玩着。爸爸把手伸进门口，悄悄取走枪。门外传来妈妈洗盘子的声音，爸爸和妈妈说着话，劳拉闻到了烟草味。

屋子里很安全，但缺少爸爸的枪，还是让人有些害怕，而且没有门，只挂了一条毯子。

过了很久，妈妈掀开毯子，小琳琳已经睡着了。爸爸妈妈小心地走进来，轻轻地上了床。杰克在门口躺着，它抬着头，仔细听着一切。妈妈的呼吸很轻，爸爸的呼吸很重，玛丽也睡着了，但劳拉在黑暗中睁着眼睛看着杰克，她看不清它身上的毛是不是竖着。

劳拉突然坐起来，月光从墙的缝隙处照进来，爸爸站在窗边，手里拿着枪。

突然听到一声狼嚎。

她马上从墙边闪开，那只狼就在墙外。劳拉吓得不敢出声，她感觉浑身发冷。玛丽用被子蒙着头。杰克狂叫着。

"别动，杰克。"爸爸说。

恐怖的狼嚎声充满了整个屋子,劳拉站起来,想走到爸爸那儿去,但又知道不应该去打扰他。爸爸转过头,看到劳拉穿着睡衣站在那儿。

"想看看它们吗,劳拉?"爸爸轻声问。劳拉不敢说话,只点点头,挪动脚步。爸爸把枪靠在墙上,把她举起来靠在窗边。

月光下,狼群围成半圆形,它们瞪着劳拉,劳拉也看着它们。她没见过那么大的狼,最大的那只比她还高,甚至比玛丽高。它蹲在中间,面对着劳拉。它的耳朵很大,尖嘴巴,舌头伸在外面,腿很长,还有一个大尾巴。它有着灰色的皮毛,眼睛放着绿光。

劳拉把脚趾抵进墙缝里,两只手扒在窗口上。她仔细地看着那只狼,但又不敢把头伸到外面,因为狼离窗口很近。爸爸紧靠在劳拉身后,托住她的腰。

"它大得真可怕。"劳拉轻声说。

"是啊,它的毛皮还发亮呢。"爸爸在她耳边说。月光照在大狼身上,它浑身散发着光。

"它们把屋子围起来了。"爸爸说。劳拉跟着爸爸走到另一个窗口。爸爸又放下枪,举起劳拉。的确,另一边,狼也围成半圆形。它们的绿眼睛在屋子的阴影下闪着光,劳拉能听到它们的呼吸声。当看到爸爸和劳拉往外看

第七章 狼群

时,中间的狼就往后退一点儿。

帕蒂和佩特在马厩里又叫又跑,还踢着木板墙。

过了会儿,爸爸回到那个窗口前,劳拉也跟着。他们正看见那只大狼扬起头,对着天空,对着月亮长长嚎叫了一声。

接着,其他的狼也把头朝向天空,发出嚎叫声回应它。那叫声响彻小屋,打破了草原的寂静。

"现在回去睡吧,小家伙。"爸爸说,"睡觉吧,杰克和我会照顾你们的。"

劳拉回到床上,好久都没睡着,她听到墙外狼的呼吸声,也听到它们用爪子刨地的声音,它们还把鼻子伸到墙缝里嗅来嗅去。她又听见那只大灰狼的嚎叫,其他的狼也跟着叫。

爸爸静静地从一个窗口走到另一个窗口,杰克在毯子前走来走去。尽管狼群在嚎叫,只要有爸爸和杰克,它们就进不来。就这样,劳拉睡着了。

第八章　两道坚固的门

早晨的阳光暖暖的,劳拉睁开眼睛出去看看,昨晚的狼群已经不见了,只留下一些脚印。爸爸早就去河边运木头了,因为他要开始做扇坚固的木门,这样就不怕狼群再来了。

劳拉脸上暖暖的,睁开眼睛,迎接她的是早晨的阳光。玛丽正在营火边和妈妈说话,劳拉穿着睡衣立马跑过去。狼群不见了,只看到小屋和马厩边有它们留下的脚印。

爸爸吹着口哨从河边走来,他像平常一样把枪挂在树桩上,然后带着帕蒂和佩特去河边喝水。他沿着狼的足迹走了一段,发现狼群走远了,去追鹿了。

第八章 两道坚固的门

马看到狼的足迹还是有些害怕,它们紧张地竖起耳朵,小马驹紧紧地靠着佩特。但它们还是跟着爸爸去了河边,因为有爸爸就没什么可怕的。

早餐做好了。爸爸从河边回来后,大家就坐在营火旁,吃着玉米煎饼和松鸡肉。爸爸说要马上做一扇门。他希望狼下次到来时,门能更牢固地把狼挡在外面。

"铁钉子用完了,但等不及去独立镇之后再做了。"他说,"造房子或做门,也不一定要用铁钉子。"

吃完早饭,爸爸套上帕蒂和佩特,拿上斧子,去砍木材。劳拉帮妈妈洗碗、整理床铺,玛丽照顾小琳琳。在爸爸做门的时候,劳拉帮着递工具,玛丽在旁边看着。

爸爸把木头锯成门需要的长度,再锯出短的横木条,又把木头劈成木板,磨平。他把长木板平放在地上,再架上横木条,又用螺旋钻在木板重叠的地方钻孔,在孔里打进木钉,这样就牢固了。

门做好了,这是一扇橡木门,很牢固、很结实。

爸爸剪了三段皮带做铰链:一条放在门的顶端附近,一条放在门的底部,一条放在中间。

爸爸先把这些皮带固定在门上,在门上放一个小木块,从中打一个孔,然后用皮带包住小木块,用刀子切出两个圆孔,又把小木块放在门上,用铰链绕两圈,使孔对齐。劳拉递给爸爸木钉和铁锤,他把木钉敲进孔里。木钉穿过铰链和小木块,再穿进门上的孔里,这样铰链就固定好了。

"我说过,不是非要用铁钉的!"爸爸说。

三条铰链固定好后,他把门竖起来,放进门洞里正合适。然后爸爸在门框内钉上一些木条,防止门板摇晃。爸爸再次把门放上去,劳拉帮忙扶着,爸爸把皮带牢牢钉在门框上。

不过在装门框之前,爸爸还在门上做了个门闩,用来把门关上。爸爸是这样做门闩的:先劈开一截短橡木,在中央挖一个凹槽,再把这个木条用木钉钉在门里面,靠门的边缘竖着钉。他让凹槽一面靠着门板,这样就形成一个狭槽。

然后爸爸削了一根细长的木棍,让它容易地穿过狭槽。这根木棍一端穿过狭槽,一端固定在门板上。但他并没把木棍钉死,木钉牢牢地钉在木板上,木棍上的木孔比木板上的大,这样木棍通过狭槽紧贴门板。

这根木棍就是门闩,它在木钉上可以灵活转动。松开的那端可以在狭槽里移动,但这端较长,可以穿过门板与墙壁间的缝隙,横在门与墙之间。

当爸爸和劳拉把门装好后,爸爸还在门闩接口处做了

第八章 两道坚固的门

个记号,在记号处把橡木块钉进墙中,橡木块靠墙的一端挖掉一块,门闩就落进橡木块和墙壁之间了。

劳拉关上门,又用门闩抵住门,这样谁也没法进来了。不过必须有办法从屋外把门闩拉起来,因此爸爸做了一条闩门绳。他从长皮带上剪下一截,将它的一端套在门闩上,又在门闩上方钻了一个小孔,把皮带的另一端从小孔穿过去。劳拉站在外面,她抓住绳子一拉,就能进屋了。

门终于做好了,很结实。"今天我们干得不错!"爸爸说,"而且我有一个能干的小助手。"

爸爸伸出手抚摸着劳拉的头,边吹口哨边收拾工具,然后解下帕蒂和佩特,带着它们去喝水。太阳要下山了,天气有些凉,营火上的晚餐散发着香味。晚饭有腌猪肉,那是最后一块肉了,所以爸爸第二天要出去打猎了。

第三天,爸爸和劳拉一起做马厩的门。

马厩的门和小屋的一样,只是没有门闩。爸爸在门上挖了一个孔,从中间穿一条链子。

到了晚上,爸爸把链子的一头穿到墙壁的缝隙里,和铁链的另一端连在一起,这样就没人能进马厩了。

"现在就放心啦!"爸爸说。邻居会慢慢搬到这里,夜晚要把马厩锁好,因为有鹿的地方就有狼,还会有偷马贼。

晚饭时，爸爸对妈妈说："卡罗琳，等我帮爱德华先生盖好房子后，就给你搭个壁炉，省得在外面风吹雨淋。"

"好的，查尔斯。"妈妈说，"在世界上，没有一个地方的天气是永远好的。"

第九章 有壁炉了

屋内的木墙边，爸爸清理出一块空地，他准备在那里搭壁炉。他先把东西准备好，然后就开始做，劳拉在一旁帮忙。做好壁炉后，妈妈把小雕塑放上去，一家人都在欣赏着，这样妈妈做饭时，就不用再忍受风吹雨淋了。

在屋里，正对着门的木墙边，爸爸正把地面上的草除干净，他准备在那里搭壁炉。然后，爸爸和妈妈把车厢放到车架上，再套上帕蒂和佩特。

太阳正在升起，地上的影子变短了。几只云雀从草原上起飞，在空中歌唱着，草原上，野草沙沙地响，小鸟在开满鲜花的野草上快乐地唱歌。

帕蒂和佩特迎着凉风，欢快地嘶叫着。它们低着头，用蹄子刨地面，急着想出去。爸爸吹着口哨，跳到马车上，抓住缰绳，亲切地问："想和我一起去吗，劳拉、玛丽？"

妈妈同意她们去，她们就光着脚爬到车上，挨着爸爸坐。帕蒂和佩特跳了几下，就开始上路了。

他们先穿过光秃秃的红色土崖壁，然后跨过河边低地的崎岖路面，连绵的小山丘上长满了树，有些鹿在树下躺着，也有些在吃草。它们抬起头，竖起耳朵，边吃草边用温柔的大眼睛看着马车。

路上，飞燕草开着蓝色、粉色和白色的小花，小鸟停在麒麟草上晃动着，蝴蝶飞来飞去，雏菊在树荫下的草地上开放，麻雀叽叽喳喳地叫着，兔子蹦来蹦去，蛇听见马车过来的声音就赶紧走了。

在河谷低处，溪水在流淌着。劳拉抬头看山壁时，已经看不见草原上的草了。崖壁上长着茂密的树，秃秃的山壁树木没法生长，只有一些灌木紧紧抓住岩壁。

"印第安人的营地在哪儿呀？"劳拉问爸爸。爸爸曾经在这儿见过印第安人的营地，可他现在太忙了，没空指给她们，因为他要找到修壁炉的大岩石。

"你们自己去玩吧。"他说，"但别跑太远，别下水,别玩蛇,有些蛇是有毒的。"

于是劳拉和玛丽就在河边玩,爸爸要找石块,装到马车上去。

她们看见长腿的水蝎子在平静的水面滑来滑去。她们沿着河岸奔跑,去吓唬那些青蛙;当她们看见那些绿皮白肚的青蛙跳进河里时,她们大声地笑了。她们听着树林里的鸽子叫,还听到了画眉鸟的歌声。她们看见成群的小鱼在河里游来游去,银色的脊背还一闪一闪的。

河边没有风,空气暖暖的,让人昏昏欲睡。空气中有树根和泥土的气味,有树叶的沙沙声和潺潺的溪水声。

泥泞的地方有鹿蹄印,脚印里还有积水,水上飞起许多蚊子。劳拉和玛丽开始拍打脸、脖子、手、腿上的蚊子,她们想去蹚水,水看着很清凉。劳拉想把脚伸进水里,但她刚想这么做的时候,爸爸转过头来。

"劳拉。"爸爸说,于是她赶快淘气地把脚收起来。

"如果真想踩水,"爸爸说,"你们可以在水浅的地方,但不可以淹过脚踝。"

玛丽蹚了一会儿,她说水里的沙砾磨脚,就坐在一根圆木上,耐心地打蚊子。劳拉一边打蚊子,一边蹚水。当她在水里走的时候,沙砾也会磨她的脚;当她站着不动时,一群小鱼会围着啃她的脚,感觉痒痒的。劳拉想抓住一条小鱼,但没抓着,却把裙子弄湿了。

当马车上装满了石头,爸爸喊道:"走啦,孩子们!"于是,她们爬上马车,离开河岸。他们再次穿过树林和小山丘,来到大草原上,草丛似乎在歌唱。

她们在河边玩得很开心,但劳拉更喜欢这片大草原,草原很宽广、很洁净。

那天下午,妈妈在阴凉处缝衣服,小琳琳在毯子上玩,劳拉和玛丽看着爸爸搭壁炉。

爸爸先把泥土和水混合在一起,让劳拉拌灰,他在清理好的空地上砌了三面矮墙,又用木板把灰泥涂在石块上,随后在灰泥上放一层石块,上面也涂上灰泥,再在内侧从上到下涂一层灰泥。

他在地面上做个炉膛,三面都用岩石和灰泥做成,另一面是小屋的墙。他一层层地砌着,直到差不多有劳拉那么高。然后在靠屋子的石墙上放一根圆木,给圆木涂上泥。

架好木头后,在木头上砌一层层的石块,现在开始做烟囱了,烟囱口越来越小。

石块不够了,爸爸需要再去运一些,劳拉和玛丽不能跟着去了,因为妈妈说河边的热空气会让她们生热病。玛丽坐在妈妈身边,妈妈缝着棉被,劳拉在搅着灰泥。

第九章 有壁炉了

第二天,爸爸把烟囱砌得和屋子一样高了,他看着烟囱,用手梳着头发。

"你看着像个野人,查尔斯。"妈妈说,"你把头发抓得都立起来了。"

"我的头发不管怎样都竖着,卡罗琳。"爸爸回答,"我追你的时候,不管我费多大劲,它还是竖着。"

爸爸躺在妈妈脚踝边,说道:"把石头搬上去累死我了。"

"你做得很好,一个人把烟囱砌得那么高。"妈妈一边说一边用手梳着爸爸的头发,但越梳头发越竖起来,"你为什么不用木头和灰泥做烟囱顶端呢?"

"哦,那要容易得多。"爸爸说,"不过,让我那么干是不可能的。"

说着,爸爸跳起来。妈妈说:"哦,那你在阴凉处休息会儿吧。"但爸爸摇摇头。

"有活干就不能偷懒,卡罗琳。我早点儿把壁炉砌好,你就能早点儿在屋里做饭了。"

爸爸又去运了些树干回来,在树干上劈出凹槽,再把它们砌在石头烟囱上。他在木头上涂上灰泥,很快就做好了烟囱。

爸爸走进屋里,用斧头和锯在墙上挖一个洞,取走烟

囱内侧木墙底部的木头，壁炉就做好了。

壁炉很大，底部是土地，壁炉前是刚挖的洞，上方是爸爸放上去的涂满灰泥的木头。

壁洞两侧钉上了很厚的橡木板，在壁炉上的左右角上钉一块很厚的橡木板，再在橡木板上放一块橡木，把它紧紧钉在墙壁上，灶台就做好了。

壁炉完工后，妈妈把从大森林带来的小牧羊女塑像摆了上去，它全身都是瓷做的。劳拉一家站在那里欣赏着壁炉，小琳琳指着塑像叫着，但除了妈妈，谁也不能碰它。

"烧火的时候要小心点儿，卡罗琳。"爸爸说，"别让火花冲上烟囱，那帆布很容易着火的。我会尽快劈出些木板，做出屋顶，这样就不用担心了。"

第九章　有壁炉了

　　妈妈小心地在壁炉里生起火，烧一只松鸡做晚餐。他们坐在靠西边的窗户边，餐桌是爸爸用橡木板做的，妈妈在木板上铺了一层桌布，桌子就漂亮了。

　　椅子是几个大木桩。妈妈用柳条把屋子打扫得干干净净，床铺在屋角的地上，上面铺着用布片拼成的被子。夕阳从窗户照进来，屋里充满金色的阳光。

　　屋外，遥远的粉色天边，风不停地吹着，野草随风摇晃着。

　　屋内，一切都那么温馨而舒适。劳拉吃着美味的烤鸡。她洗过手和脸，梳好头发，脖子上系着围巾。她端坐在木桩上，乖乖地用着刀叉。她一句话也没说，因为小孩子吃饭时不能说话，除非大人问话。她抬头看看爸爸妈妈、玛丽和小琳琳，感到很满足，草原上的生活很惬意。

第十章　小木屋盖好了

从早到晚，玛丽和劳拉都很忙，她们来到大草原上，观察着草原上的一切。爸爸还在盖小木屋，他把屋顶搭好，还在墙壁上做好窗户，这样他们的小木屋就盖好了。

每天从早到晚，劳拉和玛丽都很忙。她们洗完碗、铺好床后，还有很多要做、要看、要听的。

她们在高高的草丛中找鸟窝，找到后，鸟妈妈们会大声尖叫。有时候她们会轻轻摸一下鸟窝，毛茸茸的小鸟张着嘴，饥饿地叫着，鸟妈妈就会破口大骂。劳拉和玛丽很快就走开了，她们不想让鸟妈妈太担心。

她们像老鼠一样趴在草丛里，看小松鸡围着妈妈啄食，急得咯咯直叫。她们看到有的条纹蛇在草里穿梭，有的静静不动，只有闪闪的眼睛告诉你它们是活的。它们叫吊带蛇，不会咬人，但玛丽和劳拉还是不敢去摸它们。妈妈说最好别去惹它们，有些蛇会咬人，要离它们远点儿。

有时候，一只大灰兔躲在忽明忽暗的草里不动，当你走近时才会发现它。如果你不出声，它可以在那儿老半天一动不动呢。它瞪着圆眼睛看着你，一副无辜的样子。它的鼻子皱皱的，阳光照在长耳朵上透出玫瑰色的光。可以看到它耳朵里有细细的血管，耳边有短短的绒毛。它身上其他地方的毛也很柔软，让人忍不住想去摸一下。

接着，兔子闪电般地跑掉，它刚才蹲着的地方就空了，但暖暖的，还有它的体温。

当然劳拉和玛丽还要照顾小琳琳，除了她睡午觉的时候。那时候，她们就坐在小琳琳身边吹着风。当劳拉忘记小琳琳在睡觉时，她就会跳起来，边跑边叫，妈妈就会走到门口说："天哪，劳拉，你非得像印第安人那样大叫吗？"她又说："你们不变成印第安人才怪，不是告诉你们要戴遮阳帽吗？"

爸爸站在木屋的墙上，准备搭屋顶，他朝下看着她们，笑了起来。

"一个印第安小孩，两个印第安小孩，三个印第安小孩。"爸爸轻声唱起来，"不对，只有两个。"

"加上你就三个。"玛丽对他说，"你也是黑黑的。"

"您不是小孩，爸爸。"劳拉说，"我们什么时候才能见到印第安小孩呢？"

"天哪！"妈妈叫起来，"你为什么总想见印第安小孩呢？快把遮阳帽戴上，别再想那个了。"

劳拉的遮阳帽挂在她背上，她一扯绳子，帽子就戴在头上了。帽檐遮住脸颊，她一戴上帽子就只能看见前面的东西，所以她总把帽子挂在背上。

这儿是印第安人居住的地方，可她就是不知道怎么还

第十章 小木屋盖好了

没看见印第安人。不过，她知道早晚会看见他们的。

爸爸把帆布篷拿下来，现在准备盖屋顶了。这几天，爸爸从河边低地运来好多木头，把木头劈成薄板，这些木板堆成一堆，放在屋子周围。

"出去吧，卡罗琳。"爸爸说，"以免砸着你和小琳琳。"

"等等，查尔斯，等我把牧羊女雕像收起来。"妈妈说。过了会儿，妈妈抱着小琳琳走出来，还抱着一床被子和她缝补的衣物。她坐在马厩旁的阴凉草地里，边缝衣物边照看小琳琳。

爸爸从下面抽一张木板，屋顶上有几根用小树做成的椽子，木板就放在椽子上。爸爸嘴里含着一些钉子，从腰间取下锤子，把钉子钉在椽子上。

钉子是爱德华先生借给爸爸的，他们在树林里砍树时遇见的，他坚持要借给爸爸。

"这就是我说的好邻居！"爸爸说。

"是呀。"妈妈说，"可我不喜欢欠人家人情，哪怕是最好的邻居。"

"我也是。"爸爸说，"我没欠过别人的情，以后也不会。但邻居不一样，等我去过独立镇，我就会把钉子还给他。"

77

爸爸小心翼翼地从嘴里取出钉子，用锤子钉进木板里。这比钻孔、削木钉快多了。不过，橡木很硬，当锤子敲钉子时，钉子会弹出来，如果不是爸爸紧捏住钉子，它就会飞出来。

玛丽和劳拉看见钉子掉下来，就会跑到草地上去找。有时候钉子弯了，爸爸就把它敲直，不浪费一枚钉子。

爸爸钉好两块木板后，他就蹲在上面，继续钉更多的木板，直钉到椽子的顶部。每块木板的边缘都覆盖住下面那块木板的边缘。

接着，爸爸开始做另一面屋顶。他在屋顶最高处，用

两块木板做成一个凹槽，再把小凹槽翻过来钉在木板之间的细缝上。

屋顶做好了，屋子里比以前暗多了，因为光线被木板挡住了。不过屋顶没有缝隙，雨水就不会落进来。

"你做得真好，查尔斯。"妈妈说，"有这么好的屋顶，真好！"

"你还会有家具，我会尽力做到最好。"爸爸说，"等铺好地板，我就做个床架。"

爸爸又开始砍木头了，然后拉回家。他甚至没有时间去打猎了，等他拉回够做地板的木头后，他就开始劈木头。他把每根木头劈成两半，劳拉坐在木头上看爸爸干活。

他先将斧头一挥，劈较粗的一头，然后把铁片插进木头缝里，再把斧头抽出来，顺着铁片再劈深一点儿，让裂缝再大一点儿。爸爸高高举起斧子，吼了一声"啊！"，斧头一下砍到木头上，而且总是砍到爸爸想要砍的位置。终于，木头被劈开了。劈开的木头躺在地上，显现出浅白色的树心和深色环形的年轮。爸爸擦擦头上的汗，继续对付另一根木头。

终于，最后一根木头劈好了。第二天早上，爸爸开始铺地板。他把劈好的木头运进屋里，一根根排好，平的一面朝上。他用铁锹挖出一条长沟，让木头圆的一面稳稳埋进土里，再用斧子把木头边缘的树皮去掉。木头被修得很平整，这样每根木头都紧紧贴在一起，中间没有缝隙。

接着，爸爸握着斧子，仔细修整木头的表面。他弯着身子，眯着眼睛，仔细看木头表面是不是真的平整。他把木头上的小裂片都刮掉，最后，他摸着光滑的木头，满意地点点头。

"一点儿裂片都没有！"他说，"光着脚在上面跑都没事。"

他把这根木头放好，再去拖另一根。

当铺到壁炉前，他改用了断木头。他在壁炉前留了一片空地，这样即使有火星或炭火溅出来，也不会烧着地板。

终于，地板铺好了。它很光滑，很结实，爸爸说这橡木地板可以用很久。

"没有比这更好的地板了。"爸爸说。妈妈说她很高兴，以后不用踩泥地了。她又把牧羊女雕像放回壁炉上，把红格子桌布铺在餐桌上。

"好了。"她说道，"现在我们的生活又像文明人啦。"

接下来，爸爸又修补墙壁上的缝隙。他把薄木片敲进缝隙里，直到填满每一个缝隙。

"太好了。"妈妈说，"这样可以挡风了。"

第十章 小木屋盖好了

爸爸停止了吹口哨,对妈妈笑着。当他把最后一点儿泥浆涂进木头里,小木屋就完工了。

"我真希望有玻璃来装窗户。"爸爸说。

"我们不需要玻璃,查尔斯。"妈妈说。

"如果冬天能捕到很多猎物,明年春天我就去独立镇买些玻璃。"爸爸说。

"如果我们买得起,有玻璃当然更好了。"妈妈说,"到时候再说吧。"

那天晚上,大家都很高兴。壁炉里的火光让人感觉很温暖。红格子布铺在餐桌上,牧羊女雕像在壁炉上闪着光,新铺的地板在炉火下闪着金黄色的光。屋外,夜空布满星光,爸爸坐在门口很久,然后拉起小提琴,给屋里的妈妈、劳拉和玛丽听,也为夜空唱歌。

第十一章　屋里来了印第安人

  这天早晨，爸爸拿着枪出去打猎了，玛丽和劳拉在外面玩着。突然，杰克狂吼了一声，劳拉看到两个印第安人来了，他们面相凶狠，径直走进小屋，然后……

  一天早晨，爸爸拿着枪出去打猎了。
  爸爸本打算做床架的，他已经把木板搬进来了，但妈妈说午饭没肉了，他就拿着枪出去了。杰克眼巴巴望着爸爸，也想跟着去，发出苦苦的哀求。
  "不行，杰克。"爸爸说，"你必须待在这里，好好看家。"然后又对玛丽和劳拉说："别放开它，孩子们。"

可怜的杰克躺在那里,被拴起来是种耻辱,它深深地感受到了这一点。它转过头,不去看爸爸离开的背影。

劳拉想安慰下杰克,但它不理她。它越是想到自己被拴着,就越是感到难过。劳拉想让它开心点儿,但它更闷闷不乐。

看到杰克这么不高兴,玛丽和劳拉一上午都待在马厩边,摸着杰克身上光滑的毛,还在它耳朵边挠痒痒,安慰它说她们也很难受。杰克舔舔她们的手,但它还是很悲伤、很生气。

杰克把头放在劳拉的膝盖上,她正对着它说话。突然,杰克吼了一声,脖子上的毛竖起来,眼里闪着红光。

劳拉被吓着了,杰克从来没对她吼过。她转过头,朝杰克望的地方看去。劳拉看见两个没穿衣服的"野人",一前一后地顺着印第安人走的小路走过来了。

"玛丽,快看!"劳拉大喊。玛丽也看见他们了。

那两个人很高,很瘦,看样子很凶狠。他们的皮肤是棕色的,头上顶着竖起的头发,还扎着几根羽毛。他们的眼睛是黑色的,眼光有些呆滞,但像蛇一样闪着光。

他们越走越近,然后走向小屋的另一边,劳拉和玛丽就看不见他们了。

劳拉转过头,玛丽也转过头,她们望着那两个人经过

83

房子后要出现的地方。

"印第安人!"玛丽低声说道。劳拉浑身发抖,双腿发软。她愣愣地站在那里,等着印第安人从那边走出来,但他们没出现。

一直狂叫的杰克突然不叫了,只是企图挣脱铁链。它眼睛红红的,嘴唇向后翻着,背上的毛全竖了起来。它不停地跳,想挣脱铁链,劳拉庆幸有铁链把它拴在自己身边。

"杰克在这儿。"她低声对玛丽说,"但妈妈和小琳琳在里面呢。"

这时劳拉全身发抖了,她知道自己得做点儿什么,她不知道印第安人会对妈妈和小琳琳做什么,房子里没有声音。

"啊,他们对妈妈怎么样了?"她低声问道。

"啊,我不知道!"玛丽小声说。

"我把杰克放开。"劳拉用沙哑的声音说,"杰克会咬死他们的。"

"爸爸说不能放开。"玛丽说。她们太害怕了,不敢大声说话,把头凑在一起,听着屋里的动静,窃窃私语。

"爸爸不知道印第安人会来啊。"劳拉说。

"但他说不能放开杰克。"玛丽几乎要哭了。

第十一章 屋里来了印第安人

劳拉想到妈妈和小琳琳在屋里,就说:"我要进去帮妈妈。"

她跑了两步,又走了一步,然后回到杰克身边,紧紧抱住杰克。它喘着粗气。杰克是不会让任何人伤害她的。

"我们把妈妈一个人留在屋里。"玛丽说。她颤抖着,显然是被吓坏了,不能动弹。

劳拉把脸贴在杰克身上,接着松开手,紧闭眼睛,双手握成拳头,用最快的速度跑进屋里。

她被绊倒了,摔在地上,又爬起来继续跑,玛丽跟在后面。她们到了门口,门是开着的,她们悄悄地进去了。

那两个野人站在壁炉前,妈妈弯着腰在炉火上煮东西,小琳琳抓住妈妈的裙子,把头埋进裙褶里。

玛丽向妈妈跑去,劳拉也想跑过去,但她闻到一股臭味,她抬头看了看那两个印第安人,就飞快地躲到长木板的后面了。

木板的宽度刚好能遮住她的双眼,她忍不住伸出头,露出一只眼睛,看着那两个"野人"。她看到他们穿的鹿皮软鞋,往上看到他们裸露的、红褐色的大腿。他们腰间有一根皮带,前面挂着小动物的毛皮,毛皮上有黑白色的条纹。现在劳拉知道那股臭味是从哪儿来的了,那是刚剥下来的鼬鼠皮。

85

鼬鼠皮里还插着一把猎刀和一把斧子,刀和斧子与爸爸的很相似。

印第安人的肋骨微微凸起,双手交叉在胸前。最后劳拉看看他们的脸,急忙躲到木板后面。

他们的脸很宽,看起来很恐怖。眼睛闪闪发光,额头和耳朵上方该有头发的地方没有头发,头顶上却有一束头发竖着,还插着羽毛。

当劳拉再次从木板后探出脑袋时,那两个印第安人正看着她。劳拉的心跳得很快,印第安人一动不动地看着她,眼睛闪闪发光,劳拉吓得连呼吸都快停止了。

劳拉听到妈妈揭开烤锅的盖子,又听到那两个印第安人在壁炉边蹲下的声音,过一会儿,听见他们在吃东西。

劳拉偷看一眼,赶紧躲起来,然后又探出头来。那两个印第安人正在吃妈妈烤好的玉米饼。他们吃得一干二净,甚至连掉在炉边的碎屑也吃了。妈妈站在那儿边看着他们,边摸着小琳琳的头。玛丽站在妈妈的后面,紧紧地抓住妈妈的衣角。

劳拉隐约听见杰克想要挣脱铁链的声音。

那两个印第安人吃完玉米饼后,站了起来。他们走动的时候,身上的鼬鼠味更浓烈了。其中一个发出沙哑的声音,妈妈瞪着眼睛看他们,不说话。一个印第安人转过身

第十一章 屋里来了印第安人

去,另一个也转过去,然后两个人踏着木地板走出去了,他们走路时一点儿声响都没有。

妈妈舒了一口气,她一只手抱住劳拉,另一只手抱住玛丽。从窗口看着那两个印第安人走远后,妈妈一下坐在床上,把玛丽和劳拉抱得更紧了。她脸色苍白,就像生病了一样。

"妈妈,你不舒服吗?"玛丽问。

"不。"妈妈说,"只是庆幸他们走了。"

劳拉皱了皱鼻子,说:"他们身上的味道真难闻。"

"那是他们身上臭鼬皮的味道。"妈妈说。

接着,她们告诉妈妈,说她们把杰克留在外面,因为她们担心印第安人会伤害妈妈和小琳琳,妈妈说她们是勇敢的小姑娘。

"现在我们准备午饭吧。"妈妈说,"爸爸一会儿该回来了,我们得准备好午饭。玛丽,拿些柴火来。劳拉,去摆放餐具。"

妈妈卷起袖子,洗完手开始和面。她把面做成两条半圆的面包卷,再把这两个半圆饼拼在一起,用手压了压。爸爸总说,如果面包卷上有妈妈的手印,就不用加糖了。

劳拉刚摆好餐具,爸爸就回来了。他把一只大兔子和两只松鸡放在门外,然后走进屋,把枪挂在钉子上。劳拉

87

和玛丽一下子跑过去，紧紧抱住他，争着说话。

"怎么啦？怎么回事啊？"他说，"印第安人？那你们终于见到印第安人了，是不是，劳拉？我看到他们在西边的山谷扎了营。他们进屋来了，卡罗琳？"

"是的，查尔斯，两个人。"妈妈说，"很抱歉，他们把你的烟草全拿走了，还吃了很多的玉米饼。他们指着玉米面，做手势让我做给他们吃，我不敢不做。啊，查尔斯，我真害怕！"

"你做得对。"爸爸说，"我们不想与印第安人为敌。"接着他又说："哎呀，这是什么味儿呀？"

"他们穿着刚剥下来的鼬鼠皮，"妈妈说，"他们身上只披着这么点儿东西。"

"他们在的时候一定很臭。"爸爸说。

"是啊，查尔斯。我们的玉米面没多少了。"

"哦，没事，还够吃一阵子。这里到处是野味，别担心，卡罗琳。"

"但他们拿走了你的烟草。"

"没关系。"爸爸说，"去独立镇之前，没有烟草也可以的。重要的是和印第安人友好相处。我们可不希望在夜里听到他们的怪叫声，把我们惊醒。"

爸爸突然住口了，劳拉很想知道爸爸接下来说什么，

第十一章 屋里来了印第安人

可妈妈抿着嘴唇,对爸爸摇摇头。

"好了,玛丽,劳拉,你们过来!"爸爸说,"反正玉米饼还没有熟,我们来剥兔子皮,煺松鸡毛,快点儿!我饿得不行了。"

阳光下,她们坐在木堆上,看爸爸用猎刀干活。大兔子的眼睛被射中了,松鸡的头不见了,爸爸说它们永远都不知道自己是怎么被打中的。

当爸爸用锋利的刀剥兔子皮时,劳拉就在旁边拽兔子皮。爸爸说:"我要在兔子皮上涂点儿盐,挂在墙上晒干,明年冬天就能给你们做兔皮帽子了。"

可劳拉还没忘记那两个印第安人,她说要是她们把杰克放开,它肯定会把他们吃掉。

爸爸听后放下刀,严厉地说:"难道你们想把杰克放开吗?"

劳拉把头低下来,低声说:"是的,爸爸。"

"我告诉你们不能放开它,你们怎么不听话?"爸爸的语气更吓人了。

劳拉不说话了,玛丽带着哭声说:"是的。"

爸爸沉默了一阵,长叹了一口气。

爸爸说:"从今以后,你们记住,我说的话你们一定要照做,知道吗?"

劳拉和玛丽小声说:"好的,爸爸。"

"你们知不知道,假如你们放开杰克,会有什么后果?"

"不知道。"她们说。

"它会咬那两个印第安人。"他说,"那会引来麻烦。大麻烦,明白吗?"

"明白了,爸爸。"她们说。但其实她们并不懂。

"他们会杀死杰克吗?"劳拉问。

"是的,但还不止这样。你们要记住:不管发生什么事,都要照我说的做。"

"知道了,爸爸。"劳拉说。玛丽也说:"知道了,爸爸。"她们很庆幸没把杰克放开。

"照我说的做。"爸爸说,"这样你们就不会受到伤害。"

第十二章 新鲜的饮用水

爸爸把床架做好了,妈妈铺好床,他们一起欣赏着这张床,很满足。然后爸爸开始挖井,斯科特先生和爸爸一起干。挖井的工作很艰险,但他们终于喝上了新鲜的饮用水。

爸爸做好了床架。

他把木板磨光,又把它们钉在一起,四块木板就做成了一个箱子,上面可以放装着草的垫子。爸爸又在箱子底下穿一根绳子,从一边拉到另一边,直到拉紧。

爸爸把床架的一边牢牢钉在墙角,这样只有一个床角没靠墙。在这个床角旁竖一张长木板,把它钉在床架上。他伸长手臂,在墙壁与立起来的长木板之间钉了两根木条,然后爬上去站好，把木板顶部紧紧固定在屋顶的一根椽子上。最后，他在木条上钉好一块木板，以便摆放物品。

"好啦，卡罗琳。"他说。

"我等不及了。"妈妈说，"帮我把草垫拿进来。"

那天早晨妈妈就做好了草垫，草原上没有麦秆，她就往里面塞枯草。枯草被晒得暖暖的，散发着草的香味儿。爸爸把它拿进屋里，铺在床架上。妈妈把床单铺在上面，再铺上条被子，在床头放好鹅毛枕头，每个枕头上还有用红线绣的两只小鸟。

然后，爸爸、妈妈、劳拉和玛丽站在那儿欣赏着这张床。这真是一张舒适的床。绳网做成的床铺比木板舒服多了，床上的架子是放东西的好地方。屋子里有了不一样的感觉。

那天妈妈躺在床上，对爸爸说："我得说，睡得这么舒服让人有种负罪感。"

玛丽和劳拉还睡在地板上，但爸爸会尽快给她们做一张小床。此外，他还做了结实的橱柜，上面还有锁，如果印第安人来，就不能把玉米面全都拿走了。现在，爸爸还要挖一口井，这样，他不在的时候，妈妈也能有水用。

第二天早晨，他在小屋角落的草地上画了一个大圆圈，然后用铁锹大块地挖土，越挖越深。

第十二章 新鲜的饮用水

爸爸挖井的时候，不准劳拉和玛丽走近。洞挖得很深，连他的头都看不见了，只有一铲一铲的土被抛出来。最后，铁锹被抛出来，落在草地上，接着爸爸双手抓住草皮，跳了起来，接着用双手撑着地面，猛地跳上来。

"再继续挖我就上不来了。"爸爸说。

他现在需要有人帮忙了。于是他拿着枪，骑着帕蒂出去了。他回来时手上拿着一只很肥的兔子，还和斯科特先生说好了换活干。斯科特先生先帮爸爸挖井，爸爸再去帮他挖井。

妈妈、玛丽和劳拉都还没见过斯科特先生，他们的房子在大草原的一个小山谷里，劳拉看见那里有烟冒出来，其他的就看不见了。

第二天，太阳升起的时候，斯科特先生就来了。他个子不高，有点儿胖，头发被晒得有些褪色，皮肤通红，像鳞片一样，但还没被晒黑，只是在脱皮。

"该死的太阳和风。"他说，"很抱歉，夫人，但就算是圣人也会说粗话。要是还像这样脱皮的话，我就会变成一条蛇。"

劳拉很喜欢他。每天早上，洗完碗铺好床，她就会跑去看爸爸和斯科特先生挖井。阳光很强，连风也是热乎乎的，草原都变成了黄色。玛丽宁愿待在屋里缝棉被，而

93

劳拉却喜欢这强烈的阳光和热乎乎的风,她不愿离开那口井,但爸爸又不允许她走近井边。

爸爸和斯科特先生在井边安上辘轳,辘轳的两边各系着一只桶。当辘轳转动时,一只桶降到井里,另一只就高高升起来。每天上午,斯科特先生顺着绳子滑到井下挖土。他往桶里装满土,爸爸赶快拉上去,倒出来。午饭后,爸爸到井下挖土,斯科特先生拉上去桶把土倒出来。

每天早晨,斯科特先生下井前,爸爸都要在桶里点一支蜡烛,然后放到井里。有一次劳拉从井边往下看,发现蜡烛在很深的洞里燃烧着。

然后爸爸就会说:"看来没问题。"他再把桶拉上来,吹灭蜡烛。

"这是多余的,查尔斯。"斯科特先生说,"这井昨天是好好的。"

"那可难说。"爸爸答道,"小心点儿总比后悔好啊。"

劳拉不知道爸爸点蜡烛是在预防什么,她没有问,因为爸爸和斯科特先生都在忙着。

一天早晨,爸爸还在吃饭,斯科特先生就来了。他们听见他大喊:"查尔斯,太阳出来了,我们开始吧!"爸爸喝完咖啡,走了出去。

辘轳开始转动,发出吱吱嘎嘎的响声,爸爸开始吹口哨。玛丽和劳拉在洗碗,妈妈在铺床,爸爸的口哨突然停止了。她们听见爸爸喊:"斯科特!斯科特!"接着又喊:"卡罗琳,快过来!"

妈妈从屋里跑出去,劳拉也赶紧跑出去。

"斯科特在下面晕倒了。"爸爸说,"我得下去看看。"

"你往井下放蜡烛了吗?"妈妈问。

"没有,我以为他放了。"爸爸割断系着桶的绳子,把绳子紧紧拴在辘轳上。

"查尔斯,你不能下去。"妈妈说。

"卡罗琳,我必须下去。"

"不可以,啊,查尔斯,不行。"

"我会没事的,我到下面不呼吸,我们不能让他死在下面。"

妈妈大声说:"劳拉,站后边去。"劳拉赶快后退,浑身发抖。

"不,查尔斯!我不让你下去,"妈妈说,"快骑上帕蒂找人帮忙。"

"来不及了。"

"查尔斯,如果你晕在下面,我没法拉你上来的。"

"卡罗琳,我必须下去。"爸爸说完就顺着绳子滑了下去,一会儿就看不见他的头了。

妈妈弯下腰,紧紧盯着井下面。

大草原上有云雀的歌声,暖风也迎面吹来,但劳拉感觉很冷。

突然,妈妈跳起来,用尽浑身力气去转动辘轳。爸爸的一只手终于冒出来了,紧紧抓住绳子,另一只手也伸出来抓住绳子。接着爸爸的头也冒出来了,他用手抓住辘轳,设法爬到地面,一下坐在地上。

辘轳往回转,只听见井底"咚"的一声。爸爸想站起来,妈妈赶紧说:"别动,查尔斯!劳拉,快拿些水来!"

劳拉急忙提来一桶水,爸爸和妈妈都在奋力地摇辘

第十二章 新鲜的饮用水

轳，绳子缓缓上升，桶被拉上来了，桶上绑着斯科特先生。他的胳膊、腿和头都垂着，嘴巴半张着，眼睛半睁着。

爸爸把他拖到草地上，把他翻个身，他就瘫在那儿。爸爸摸摸他手腕，听听他的心脏，然后在他的身旁躺下来。

"他在呼吸。"爸爸说，"呼吸些新鲜空气就没事了。我也没事，卡罗琳，只是太累了。"

"啊！"妈妈责备说，"我以为你出事了呢，吓死我了，就应该小心点儿。我的天啊——我……"她突然哭了起来。

真是恐怖。

"我不要井了。"妈妈抽泣着，"这不值，我不想让你冒这么大的危险。"

斯科特先生在井下吸到了某种气体，这种气体比空气重，沉在井底。它看不见、摸不着，但人吸久了会没命的。爸爸就是下到井底，从有毒气体中把斯科特先生救出来的。

斯科特先生醒来后就回家了。他走之前对爸爸说："你放蜡烛的方法是正确的，查尔斯。我原来以为那很麻烦，但现在知道自己错了。"

"是的。"爸爸说，"如果蜡烛灭了，人就不能下去。我喜欢办事小心点儿,不过最后没事就好了。"

爸爸休息了会儿,他也吸进了一些毒气。下午,爸爸从麻袋中抽出一根麻线,又取出一些火药,他把火药包在一块布里,把麻线的一头插在火药上。

"跟我来,劳拉。"他说,"我让你看看会发生什么。"

他们来到井边,爸爸点燃麻线的一头,等上面冒出火花后,就把小布袋扔进水里。

一会儿,他们听到"砰"的一声,井里冒出一股白烟,"这样可以把井里的毒气压出来了。"

等烟散去后,爸爸让劳拉点燃蜡烛,站在他旁边,看他把蜡烛放到井里。蜡烛在井里一直燃烧着,像一颗小星星。

第二天,爸爸和斯科特先生继续挖井。但每次都要先放蜡烛下去试试。

井里开始出水了,但还不多。桶里提上来的都是泥浆,爸爸和斯科特先生每天在泥浆里工作着。每天早晨,当蜡烛放下去的时候,烛光照亮了渗水的井壁,当桶降到井底时,烛光在水面上照出光晕。

爸爸站在齐膝深的水中,每次挖泥前都要舀出满满的水。

一天,当爸爸在井下挖土时,他忽然大叫,妈妈赶

第十二章 新鲜的饮用水

紧跑出来,劳拉也跑到井边。爸爸叫道:"快拉!斯科特!"井底传来水声,斯科特先生快速地转动辘轳,爸爸顺着绳子爬了上来。

"肯定是流沙!"爸爸站在草地上,喘着气说,"我正用铁锹往下挖,突然土就塌陷了,一股水就涌上来了。"

"绳子湿了两英尺呢。"斯科特先生边摇辘轳边说,"幸好你使劲爬,查尔斯,那水冒得比我拉的速度快。"斯科特先生拍着腿说:"你不会把铁锹扔里面了吧?"

当然没有,爸爸把铁锹拿上来了。

没多久,井里全是水了,井水里出现蓝蓝的天空,当劳拉往下看时,井里也出现一个小女孩。

井水很清凉,味道很好。劳拉从没喝过这么甘甜的水,爸爸不用再去河边运水了。他在井边修了个井台,做了个井盖,井盖上有个洞,可以提水。爸爸不让劳拉去掀井盖。每当她们渴的时候,妈妈会掀开井盖,打一桶清凉甘甜的水让她们喝。

第十三章　得克萨斯长角牛

这天晚上，爸爸拉着小提琴，突然听到了牛群的声音。第二天，两个牛仔来到小屋前，请爸爸帮忙把牛群赶过低地，最后还给了爸爸一头母牛和一头小牛犊，另外还有一大块牛肉。一家人坐在一起，开心地吃着牛肉，喝着牛奶。

一天晚上，劳拉和爸爸坐在门口的台阶上。月光照着黑暗的草原，没有风，爸爸拉着小提琴。

爸爸奏出最后一个音符，让它飘远，融入月光中。劳拉真想永远待在这儿，但是爸爸说该去睡觉了。

这时，劳拉听到远处传来低沉的声音。"那是什么声音呢？"她问爸爸。

第十三章 得克萨斯长角牛

爸爸听了听,说:"是牛群!一定是赶往北方道奇堡去的牛群。"

劳拉回屋换上睡衣,站在窗边。此时没有风,她听见远处传来微弱的声音,像是车轮滚过的声音,也像是一首歌。

"是有人在唱歌吗,爸爸?"她问。

"是的,"爸爸说,"牛仔们在为牛群唱催眠曲呢。快睡觉吧,小家伙!"

劳拉想象着在月光下的黑暗草原上,牛仔们对着牛群唱着催眠曲。

第二天早晨,当她跑出小屋时,看见外面有两个骑着马的陌生人站在马厩旁。他们和爸爸说着话。他们的肤色和印第安人一样,是红棕色的,眼睛很小,能眯成一条缝。他们的腿上套着皮裹腿,脚上蹬着马刺,头上戴着宽边帽,脖子上系着围巾,腰后挂着枪。

他们对爸爸说:"再见!"然后对马吆喝着:"嗨!呀!"就很快消失了。

"运气来了!"爸爸对妈妈说。那些人是牛仔,他们想让爸爸帮他们把牛群赶出河边低地的洼谷,爸爸说不收钱,只要一块牛肉。"要一块上好的牛肉,你觉得怎么样?"爸爸问。

"哦，查尔斯！"妈妈说，眼里尽是喜悦之情。

爸爸把最大的围巾系在脖子上，然后骑着帕蒂，沿着印第安人小路走了。

烈日炎炎，刮着热风，牛群的声音越来越近。中午时分，地平线上卷起尘土，妈妈说牛群把草坪踏平了，所以扬起了土。

日落时分，爸爸骑着马回来了。他浑身上下都是土，他没带回牛肉，因为牛群还没有过河。牛群走得很慢，边走边啃草，它们得多吃草，只有长得肥，才能卖个好价钱。

那天晚上，爸爸没说多少话，也没拉小提琴，吃完饭就去睡了。

牛群现在离他们很近，劳拉能隐约听见它们的声音，它们悲伤地叫着，直到深夜才停息。然后，牛仔们又开始唱歌，那可不是催眠曲，和狼嚎差不多。

劳拉没睡着，她听见远处有狼嚎声，混着牛群的声音，还有牛仔们的歌声。等大家都睡着后，劳拉悄悄走到窗户旁，她看见远处阴暗的地方有三堆火，就像三只红眼睛。夜空辽阔而宁静，月光洒满大地，那悲凉的歌声像是在向月光哭泣。劳拉听着歌声，喉咙也哽咽了。

第二天，玛丽和劳拉向西边张望。她们听见远处牛群

第十三章 得克萨斯长角牛

的声音，隐约能听见一声尖叫。

突然，离马厩不远的草原上出现十几头长角牛，它们是从通往河边的低洼地跑出来的。它们翘着尾巴，晃着长角，蹄子重重击着地面。一个牛仔骑着一匹马，来到这群牛面前，挥动大帽子，尖叫着："嗨——吁——吁——嗨！"牛群转动身体，长角碰在一起。它们翘着尾巴，那匹马跟在它们后面跑，把牛群赶在一起，转眼间牛群就不见了。

劳拉来回地跑，还挥舞着手中的遮阳帽，大叫着："嗨！吁——吁——"后来妈妈叫她别喊了，她才停下来，因为这样大喊不像一个有教养的孩子，可劳拉想成为一个牛仔。

那天傍晚，三个骑马的人从西边赶着一头母牛过来了。其中一个人是爸爸，劳拉发现母牛旁还有一头带斑点的小牛犊。

那母牛直冲过来，两个牛仔骑着马一左一右地跟着它。母牛的两只牛角各绑了一根绳子，绳子的一端系在马鞍上。当母牛哞哞叫时，小牛犊也跟着叫。

妈妈从窗口向外望，玛丽和劳拉站在屋前，靠着墙，直盯着他们。爸爸把母牛拴在了马厩里，牛仔和爸爸道别后就走了。

Little House on the Prairie 草原上的小木屋

妈妈不敢相信爸爸会带一头母牛回家。爸爸说，小牛犊太小了，不能走太远，母牛太瘦也不好卖，所以他们决定把它们送给爸爸，他们还给了爸爸一大块牛肉。

爸爸、妈妈、劳拉、玛丽和小琳琳都高兴地笑了。爸爸的笑，像钟声一样洪亮。平时妈妈的笑很温暖，让劳拉觉得暖洋洋的。但现在妈妈大笑了，因为他们有了一头母牛。

"给我一只桶，卡罗琳。"爸爸说，他要去挤奶了。

他拿着桶，把帽子往后一推，蹲在母牛旁挤奶。但那母牛踢了爸爸一脚，爸爸仰倒在地上。爸爸跳起来，脸涨得通红，眼睛冒着火光。

"我今天一定要挤到奶！"爸爸说。

第十三章 得克萨斯长角牛

他拿出斧子,砍了两根橡木桩,把母牛推到马厩边,把木桩插进母牛旁边的地里。母牛叫了一声,小牛也叫了一声。爸爸把木板绑在木桩上,把木板另一头插进马厩的墙缝里,这样围成了一个栅栏。

现在母牛不能动弹了,但小牛犊可以自由地在母牛和马厩间走来走去,它觉得自己安全了,就不再叫了。小牛犊站在母牛身边吸着奶,爸爸把手伸进栅栏,从母牛另一侧去挤奶,他挤了一杯奶。

"明天早晨我再试试。"他说道,"这可怜的家伙像鹿一样野,但我会调教它,让它变乖。"

夜色降临,夜莺在黑暗中捕着虫子。溪边洼地里还传来牛蛙的叫声。有只鸟"会扑!会扑!"地叫着,猫头鹰也在叫,狼群在嚎叫,杰克也在低低地叫着。

"狼群在追着牛群。"爸爸说,"明天我要为母牛搭个圈,这样狼就进不去了。"

然后他们拿着牛肉进屋了,爸爸、妈妈、劳拉和玛丽都同意把牛奶给小琳琳喝。他们看着她喝奶,杯子遮住她的脸,但劳拉能感觉牛奶进入她的喉咙里。小琳琳一口一口地喝完牛奶,还伸出舌头舔舔嘴边的奶泡。

过了很久,玉米饼和牛排做好了。一家人很开心,因为现在有牛奶喝了,说不定玉米饼上还可以抹奶油呢。

105

远处传来牛群的低叫声,牛仔的歌声很模糊,那些牛已经渡过溪流,到了堪萨斯州了。明天,它们会踏上旅途,慢慢前往北边的道奇堡,那里有军队驻守。

第十四章 印第安人的营地

　　天气渐渐热了,爸爸带着玛丽和劳拉去看印第安人的营地。在印第安人的营地,爸爸教她们识别印第安人留下的脚印,后来他们还一起发现了美丽的珠子。回家后,他们用珠子做成了一条漂亮的项链,挂在小琳琳的脖子上。

　　天气一天天热了,连风也是热的,妈妈说:"这风就像是从火炉里吹出来的。"
　　草原上的草在慢慢变黄,天空下就像是荡漾着绿色和金黄色的波浪。
　　中午时分,风停了,鸟儿也不唱歌了。四周寂静,劳拉甚至能听见溪边树林里松鼠在叫。一只乌鸦从头顶飞过，发出尖叫声，然后又恢复平静。

妈妈说现在是仲夏了。

爸爸在想印第安人去哪儿了，他说大草原上有他们的营地，但没有他们的踪影。爸爸问劳拉和玛丽想不想去看看他们的营地。

劳拉高兴地跳起来，拍拍手，但妈妈不同意。

"太远了，查尔斯。"妈妈说，"天气又这么热。"

爸爸眨着他那蓝色的眼睛，说："印第安人受得了炎热，我们也能受得了。"他说："孩子们，走吧。"

"爸爸，也带上杰克吧。"劳拉请求道。爸爸拿着枪，他看看劳拉，又看看杰克，再看看妈妈，把枪又挂回去。

"好吧，劳拉。"他说，"我带走杰克，卡罗琳，枪留给你。"

杰克围着他们跳着，不停地摇尾巴，它顺着要走的路往前跑。爸爸紧跟着杰克，玛丽跟在爸爸后面，劳拉走在最后。玛丽戴着太阳帽，劳拉的遮阳帽挂在背上。

他们光着脚在地面上走着，地面很烫。阳光照着他们褪色的衣服，晒得胳膊和背很疼。空气像是从火炉里散发出来的，闻着还有点儿烤面包的味道，爸爸说这是草的种子被晒的味道。

第十四章 印第安人的营地

他们在大草原上越走越远,劳拉觉得自己越来越小,就连爸爸也没有那么高大了。最后他们来到低谷里,那里有印第安人的营地。

杰克开始追逐一只大兔子,当兔子从草丛里跳出来时,吓了劳拉一跳。爸爸赶紧说:"让它跑吧,杰克!我们的肉够吃。"然后杰克蹲下来,看着大兔子跑进低地里。

劳拉和玛丽朝四周看着。她们紧紧挨着爸爸,低地边长着低矮的灌木丛,里面还有粉红色的果子,漆树条上还有绿色的球果,到处是红灿灿的树叶。秋麒麟羽毛状的树叶正在变灰,牛眼雏菊的黄色花瓣从花冠垂下来。

这些花都藏在低处的洼地里。劳拉以前从屋里向外看,只能看见满地的草,现在她从低地看过去,看不见小屋了,大草原其实并不是那么平坦的。

劳拉问爸爸草原上是不是有很多这样的洼地,爸爸说是的。

"印第安人住这里吗?"她低声问。爸爸说不知道,也许是。

劳拉紧紧抓住爸爸的一只手,玛丽抓住另一只,他们一起看着印第安人的营地。地上有一些灰,那是他们生火的地方。地上有一些小洞,是他们用来插帐篷杆子的。还有一些骨头，那是他们的狗啃后留下的。洼地周围的草，被啃得短短的。

到处都有印第安人留下的大大小小的鞋印，还有光脚小孩的脚印，也有兔子、鸟儿和狼留下的痕迹。

爸爸教玛丽和劳拉辨认这些脚印。他让她们看营火旁的两个中等大小的鹿皮鞋印。他说，曾经有个印第安女人蹲在这儿，她穿着一条带边的皮裙，裙边在土里留下印迹。鞋子的脚趾印比后边的深，因为她当时身体向前倾，正在搅拌锅里的东西。

接着，爸爸捡起一根被熏黑的叉形木棍。他说，印第安人在火堆旁插两根这样的木棍，上面再搭一根木棍，锅就架在上面。爸爸让玛丽和劳拉看叉形木棍插进地面的洞，又让她们看营火旁的骨头，告诉她们锅里煮过什么。

她们看了看，说："是兔子。没错，那是兔子的骨头。"

突然，劳拉叫了起来："快看！"土里有个闪着蓝光的东西，她捡起来一看，是一颗蓝色的珠子。劳拉高兴地叫起来。

接着玛丽发现一颗红色珠子，劳拉又找到一颗绿色的。她们现在只顾着找珠子了，爸爸也帮她们找珠子。他们发现了白色珠子，还有红色、蓝色的珠子。那天，一下午，他们都在印第安人营地边找珠子。爸爸不时地向家的

第十四章 印第安人的营地

方向望一望,然后又继续帮她们找珠子。

当他们再也找不到珠子时,太阳就要落山了。劳拉和玛丽都捧着满满的一把珠子。爸爸小心地用手帕把珠子包好,劳拉的珠子包在手帕的一头,玛丽的珠子包在另一头。爸爸把手帕放进口袋,然后他们就回家了。

当他们走出洼地时,太阳已经落得很低了,木屋看起来很小,爸爸没带枪。

爸爸走得很快,劳拉几乎跟不上。她小跑着,太阳落山的速度更快了,家似乎越来越远了。草原也变得更辽阔。风吹过,草原发出可怕的声音。草都晃着,似乎它们也被吓着了。

爸爸转过头,对劳拉眨着蓝色的眼睛,说:"累了吧,小家伙?你那小脚丫要走这么长的路。"

爸爸抱起她,尽管她已经不是小孩子了。爸爸把她放在自己的肩上,手里牵着玛丽,他们一起走回家。

晚餐在炉上煮着,妈妈在收拾桌子,小琳琳在木板上玩着小木块。爸爸把包着珠子的手帕给了妈妈。"我们比预定的时间晚了些,卡罗琳。"他说着,"但你看看孩子们发现了什么。"说完,爸爸拿起牛奶桶,快速走到马桩旁,把帕蒂和佩特牵到马厩里,然后开始挤牛奶。

妈妈打开手帕,看到那些珠子,惊喜地叫了起来,那

111

些珠子漂亮极了。

劳拉用手指拨动那些珠子，看着它们一闪一闪的，对妈妈说："这都是我的。"

玛丽接着说："我的可以给小琳琳。"

妈妈等着劳拉，想听她怎么说。劳拉也想留着这些漂亮的珠子。但她心里热热的，她希望玛丽不要总这样当个乖孩子，但又不想让玛丽表现得比自己好。

于是她慢腾腾地说："我的也能给小琳琳。"

"这才是不自私的好孩子。"妈妈说。

妈妈把珠子分别倒进玛丽和劳拉手里，并说会给她们一根线把珠子穿起来，这样能做成一条项链，给小琳琳戴着。

玛丽和劳拉都没说话，也许玛丽心里很快乐，但劳拉不是。当她抬头看玛丽时，真想打玛丽一巴掌，所以就不再看玛丽了。

所有的珠子穿成一条漂亮的项链，小琳琳看到项链，拍着手笑着。妈妈把项链戴在小琳琳的脖子上，项链闪着光。劳拉心里好受点儿了，因为她的珠子不够穿成一条项链，玛丽的也不够，两个人的珠子合起来才能做成一条项链。

小琳琳戴上项链后，就伸手去抓。她太小了，不知道这

第十四章　印第安人的营地

样会扯断,于是妈妈就把项链收起来,等小琳琳长大再给她戴。后来劳拉总想到那些漂亮的珠子,她总想把珠子拿回来给自己。

不过那天真是美好的一天。她常常想起大草原上的路,想起在印第安人营地看到的一切,还有那些珠子。

第十五章　热病

　　树丛里的黑莓熟了，妈妈和劳拉一起去采摘。有一天劳拉感觉身体不舒服，然后其他人也感觉不舒服了，一家人都病倒了。幸好有丹尼医生和斯科特太太的照顾，他们才慢慢好了，后来才知道他们得了热病。

　　黑莓已经成熟了。炎热的下午，妈妈和劳拉一起去摘黑莓。河边低地的树丛中挂着又黑、又大、又多汁的黑莓，有些长在树荫下，有些暴露在阳光下。阳光很热，所以劳拉和妈妈就在树荫下摘黑莓。
　　鹿群躺在树荫下，望着妈妈和劳拉。蓝色的松鸦在她们的太阳帽前飞来飞去，因为她们摘走了黑莓。蛇急忙爬走，树上的松鼠也醒了，对她们吱吱地叫着。不管她们怎么走，总有一群蚊子跟着。

蚊子密密麻麻地停在大个儿的黑莓上，吮吸着果汁。它们也同样喜欢叮劳拉和妈妈。

劳拉的手指和嘴巴被染成了紫黑色。她的脸、手和脚上都是被荆棘刮伤和被蚊子咬伤的痕迹。她打过蚊子的地方就会留下一块紫斑。就算这样，她们还是每天摘好几桶黑莓，妈妈把黑莓放在阳光下晒干。

夏天，她们可以尽情地吃黑莓，到了冬天，她们可以炖黑莓干儿吃。

玛丽很少去摘黑莓，因为她要留在家里照看小琳琳。白天的屋里只有一两只蚊子，但到了晚上，要是风不大，蚊子就会成群地飞进来。在没风的夜晚，爸爸会在木屋和马厩旁点一些湿草，这样冒出的烟会把蚊子熏跑，但这样还是会有不少蚊子。

爸爸晚上不拉小提琴了，因为有太多蚊子叮他。爱德华先生吃完饭也不来了，因为河边低地的蚊子太多了。一整夜，帕蒂、佩特、母牛和小牛犊都在用尾巴赶蚊子。每天早上，劳拉的额头都会有蚊子咬的包。

"没多久就会好的。"爸爸说，"秋天要来了，寒风会把蚊子全都赶走。"

劳拉有些不舒服。有一天，她站在阳光下也觉得冷，即使在火炉旁也不觉得暖和。

妈妈问她怎么不和玛丽一起出去玩，劳拉说不想去，她觉得累，浑身疼。妈妈问："你哪儿疼啊？"

劳拉也不知道哪儿疼，她只说："我就是觉得疼，我腿疼。"

"我也疼。"玛丽说。

妈妈看看她们，觉得她们没什么病，但妈妈又觉得一定是哪儿出问题了。她掀起劳拉的裙子和衬裙，突然看到劳拉全身发抖，连牙齿也咯咯响。

妈妈摸了摸劳拉的脸颊，说："不应该啊，你的脸很烫啊。"

劳拉想哭，但没哭出来。"我现在觉得热，"她说，"我后背疼。"

妈妈叫了爸爸一声："查尔斯，快来看看孩子们怎么了。"妈妈说："我想她们肯定是病了。"

"卡罗琳，我也觉得不太舒服。"爸爸说，"我开始觉得热，后来觉得冷，而且浑身疼，你们也这样吗，孩子们？你们骨头也疼吗？"

玛丽和劳拉的感觉就是这样。爸爸和妈妈互相看了很长时间，妈妈说："孩子们，躺床上去吧。"

第十五章 热病

"没事的,别担心。"妈妈安慰着劳拉并给她盖好被单,劳拉觉得躺在床上舒服多了。妈妈用冰凉的手摸摸她的额头,说:"好啦,睡吧。"

劳拉并没有睡着,她迷迷糊糊,感觉发生了奇怪的事。她看到爸爸蹲在炉火旁,突然阳光刺痛她的眼睛,妈妈给她喝肉汤。她看见有个东西慢慢变小,然后又慢慢变大。她听见有两个声音在说话,越来越快,最后传来一个很慢的声音,让劳拉受不了,她听不清在说什么。

玛丽躺在她身边,浑身很烫。玛丽把被子踢开,劳拉觉得冷就大叫起来。然后她又发热,爸爸把水喷在她脸上,水顺着脖子流下来。劳拉的牙齿一直在打战,后来妈妈给她盖好被子,摸摸她的脸颊,可妈妈的手也很烫。

她听见爸爸说:"去躺着吧,卡罗琳。"

妈妈说:"查尔斯,你比我还严重呢。"

劳拉睁开眼睛,阳光有些刺眼,玛丽哭着说:"我要喝水!"杰克在大床和小床间跑来跑去,劳拉看见爸爸躺在大床边的地板上。

杰克用爪子碰碰爸爸,不停地叫着,后来它又用嘴咬爸爸的袖子,摇着爸爸。爸爸微微抬起头说:"我得站起来。卡罗琳和孩子们需要我。"刚说完话,爸爸的头又垂了下去,身子倒在地上,杰克狂叫着。

117

劳拉试着爬起来，但没有力气。她看见妈妈满脸通红地看着她。玛丽嚷着要喝水，妈妈看看玛丽，又看看劳拉，虚弱地问："劳拉，能起来吗？"

"可以，妈妈。"劳拉说完就试图从床上爬起来，但刚起来就摔倒了。杰克舔舔她的脸，劳拉抓住它，靠着它坐起来。

她知道要先给玛丽拿水喝，因为她在哭。她慢慢爬到水桶边，水桶里只有一点儿水了。虽然她冷得发抖，几乎拿不住水勺，但还是用力拿住水勺，舀了一点儿水给玛丽。玛丽把水都喝了下去，就不再哭了。水勺掉在地上，劳拉爬进被窝里，过了很久才暖和过来。

有时候她听见杰克在哭，有时又听见杰克像狼一样嚎叫，但她不害怕。她浑身发烫，躺在那儿，她又听见许多模糊的声音，其中有个声音很慢，她睁开眼睛，看见一张黑脸正望着她。

那张脸像木炭一样黑，还泛着光，但很温和。她的嘴唇很厚，还露出洁白的牙齿。她笑着，温柔地对劳拉说："孩子，把它喝下去。"

她用一只胳膊把劳拉扶起来，另一只手端着杯子送到劳拉嘴边。劳拉喝了一口，觉得很苦，想把头转开。她又用低沉的声音说："喝吧，喝完就好了。"于是劳拉把苦药都喝了。

当劳拉醒来时，一个胖女人正在生火。劳拉仔细看看她，发现她并不是黑人，只是被晒黑了。

"给我一杯水，好吗？"劳拉问。

胖女人马上端来一杯水。这水让劳拉觉得舒服多了。她看看身旁的玛丽，又看看大床上的爸爸妈妈。杰克在地板上打着盹儿。劳拉又看看胖女人，问："你是谁啊？"

"我是斯科特太太。"她微笑着说，"好了，感觉好点儿了吧？"

"是的，谢谢您。"劳拉有礼貌地说。那胖女人又端来一碗热腾腾的松鸡汤。

"喝了它，孩子。"她说。劳拉听话地把汤都喝完了。"好了，睡吧。"斯科特太太说，"我会在这儿照顾你们，直到你们都好起来。"

第二天早晨，劳拉觉得舒服多了，想下床，但斯科特太太说她还需要躺在床上，直到医生到来。劳拉看着斯科特太太收拾屋子，喂爸爸、妈妈和玛丽吃药。最后该劳拉吃药了。她张开嘴，斯科特太太打开一小包药末，倒在她的舌头上。劳拉喝些水，把药吞下去，又喝些水，不过苦味还是消散不了。

然后丹尼医生就来了。他是位黑人，劳拉从未见过黑人，所以她一直盯着丹尼医生看。他真的很黑，如果不是他帮她看病，劳拉肯定害怕看到他。丹尼医生露出洁白的牙齿，向她笑着。他还和爸爸妈妈聊天，他们想和他多待会儿，但丹尼医生还是急匆匆走了。

斯科特太太说，溪流上下的许多人都得了热病，只有少数人没被传染，他就得一家一家地去照看病人，所以每天都很忙碌。

"你们能活过来真是奇迹。"她说，"你们一家人都病了。要是丹尼医生没发现你们，真不知道会怎样。"

丹尼医生是专给印第安人看病的。他正要去独立镇，正巧路过劳拉家。不过也奇怪，杰克平时很讨厌陌生人，但这次它主动跑向丹尼医生，并请他进来看看。

"你们当时的情况真可怕。"斯科特太太说。丹尼医生陪了他们一天一夜，直到斯科特太太来，现在丹尼医生给别的病人治病去了。

斯科特太太说，这个病是吃西瓜引起的。她说："我不知说多少次了，吃西瓜会……"

"什么？"爸爸说，"谁吃了西瓜？"

斯科特太太说，河边一个居民种了一片西瓜，吃了那种西瓜就会得病。她说她警告过很多人了。"可是没用，"她说，"和他们说不通，他们要吃西瓜，就得付出代价。"

"可我没吃过西瓜啊。"爸爸说。

第二天,爸爸能起床了。第三天,劳拉也能下床了。然后妈妈和玛丽也好了。他们都瘦了好多,站都站不稳,但他们能照顾自己了,斯科特太太就回家去了。

妈妈说不知道该怎么感谢她,斯科特太太说:"没事,邻里间不就得互相帮助吗?"

爸爸的脸凹下去了,走路很慢。妈妈也要时常坐下来休息。劳拉和玛丽都不想玩耍。每天晚上他们都要吃那难吃的药,但妈妈还是和蔼地笑着,爸爸快乐地吹着口哨。

"不幸中的万幸啊!"爸爸说。他现在有空给妈妈做张摇椅了。

爸爸从河边低地弄了些柳条,就在家里做椅子。这样他可以随时往炉里加火,或帮妈妈提水壶。

他先做了四根椅子腿,用木条把它们固定在一起。然后把紧贴树皮的柳条劈成薄片,把薄片来回缠绕,编成一个椅面。

爸爸又把一根长树干劈成两半,他把劈好的树干一端钉在椅子的一侧,然后再钉另一侧,这样就做成了高靠背椅了。把靠背固定好后,他又用细细的柳条皮一上一下地编织,直到将椅子靠背的空隙全编满。

最后，爸爸把一根大的弧形柳树干劈成两半，把椅子翻过来，把这弯曲的木条钉在椅子腿上，做成椅子脚，这样摇椅就做好了。

一家人为此庆祝了一下。妈妈解下围裙，把棕色的头发梳整齐，还在衣领上别上了金别针。玛丽把珠子项链戴在小琳琳的脖子上，爸爸在椅子上放好小被子和靠枕，然后拉着妈妈的手，让她坐在椅子上，又把小琳琳放在妈妈的怀里。

妈妈靠着柔软的椅背，她瘦瘦的脸颊上泛出红晕，眼睛里闪着泪光，但她的笑容还是那么美丽。椅子轻轻地摇

第十五章 热病

着,妈妈说:"查尔斯,好久没这么舒服了!"

爸爸拿出小提琴,在营火旁为妈妈拉琴唱歌。妈妈轻轻摇着椅子,小琳琳睡着了,玛丽和劳拉坐在长凳上,感觉很幸福。

第二天,爸爸骑着帕蒂出去了。妈妈不知道他去了哪儿,但爸爸回来时,马鞍上放着一个大西瓜。

他几乎搬不进来这个大西瓜。把西瓜扔在地板上,他一下坐在了西瓜旁。

"我还以为搬不回来呢。"他说,"差不多有四十磅重。我又太虚弱了,把刀给我。"

"不行,查尔斯!"妈妈说,"你不能吃,斯科特太太说过……"

爸爸大笑着,声音很洪亮。"那说法没道理。"他说,"这么好的西瓜,怎么会引起热病呢?大家都知道热病是因为呼吸了夜晚的空气引起的。"

"这个西瓜就是在夜晚的空气下长的啊。"妈妈说。

"没有这回事!"爸爸说,"把刀给我,我要吃它,看看会不会得热病。"

"我肯定你会的。"妈妈边说边把刀递给他。

刀子插进西瓜,发出清脆的响声。绿色的瓜皮裂开了,露出鲜红的瓜瓤,上面还有黑色的瓜子。在这炎热的天气里，鲜红的瓜瓤看起来很凉爽，让人心动。

妈妈不愿意吃西瓜，也不让劳拉和玛丽吃。但爸爸一块一块地吃着，最后他叹了一口气，说剩下的只能喂牛了。

第二天，他觉得有些忽冷忽热，妈妈说是吃西瓜的缘故。可到第三天，妈妈也觉得忽冷忽热了。于是，他们不知道是怎么回事了。

那个时候，没人知道这热病是疟疾，是蚊子叮咬人之后传染的。

第十六章　烟囱起火了

草原变得一片枯黄，爸爸拿着枪出去打猎。风很大，突然，烟囱起火了，一家人急忙应对着这一切。劳拉尽管也很害怕，但她很勇敢，救出了玛丽和小琳琳，爸爸妈妈都夸奖了她。

草原的景色变样了，它现在一片枯黄，还有红色的盐肤木果子点缀其中。风吹过高高的草丛，穿过低矮的杂草，发出低沉悲伤的声响。夜里，那风声听起来就像有人在哭泣。

爸爸说，这片草原很大。以前在大森林里，爸爸必须去割草，晒干后堆起来，留着冬天喂牲口。而大草原上，阳光会把地上的野草晒干，整个冬天，马和牛可以自己出去吃草。他只需要储备一些来预备有暴风雨的日子。

现在，天气凉爽了很多，爸爸准备到镇上去一趟。炎热的夏季他没能去，因为担心帕蒂和佩特受不了，它们拉着马车要走二十英里路，经过两天才能到达独立镇。爸爸不愿意离家太久，想尽快赶回来。

爸爸在马厩旁堆了一堆干草，又砍好冬天要用的木柴，捆好了放在木屋边。现在，爸爸只需要准备好他们要吃的肉就能出发了，于是，他拿着枪出去打猎。

玛丽和劳拉在屋外玩耍。她们听到河边的森林里传来一声枪声，就知道爸爸捕到了猎物。

现在的风凉爽些了，一群群野鸭在河边飞翔着。溪流的上空，一行大雁排成人字形向南方飞去。领头的大雁叫了一声"哇——"，后面的大雁也回应着"哇——哇——"，声音此起彼伏。前面的大雁用力地向前飞，后面的大雁整齐地跟着它。

河边的树也换了颜色，橡树一片红、一片黄、一片褐色，有的还是绿色，五彩缤纷的。木棉、梧桐、胡桃树都变成了金黄色。天空不像夏天那么蓝了，风也刮得很猛。

那天下午的风很大，天气也变冷了。妈妈叫玛丽和劳拉进屋去。她生起炉火，把摇椅放到壁炉边，抱着小琳琳，轻轻哼着：

第十六章 烟囱起火了

小宝宝，快睡觉，
爸爸出门打猎去，
弄张兔皮带回家，
来给宝宝做棉袄。

突然，劳拉听到烟囱里有噼噼啪啪的声音。妈妈的歌声停了。她弯着腰朝烟囱里看了看，又轻轻站起来，把小琳琳放在玛丽怀里，让玛丽坐在摇椅上。妈妈急着跑向屋外，劳拉也跟着跑出去。

烟囱的顶端起火了，搭烟囱的木头在燃烧着，大火顺着风蔓延，马上就要烧到屋顶了。妈妈抓起一根长棍子，不停地扑着火，燃烧的木头不断落在她身边。

劳拉不知道该怎么办，她也抓起一根木棍，但妈妈叫她走开。火很大，会烧掉整间房子，劳拉也没有

127

办法。

妈妈跑进屋,燃烧的木条和木炭正从烟囱里往下落,滚到壁炉底下。屋子里弥漫着浓烟,突然,一根燃烧的木棍落到地板上,落到玛丽裙子底下。玛丽被吓坏了,不敢动弹。

劳拉想都没想,赶紧抓住椅子靠背,用全力往后拖着,玛丽和小琳琳被拉开了。她马上捡起正燃烧的木棍扔回壁炉里,就在这时,妈妈进来了。

"真是个好孩子,劳拉,你还记得妈妈说过的话吗?不要让火落在地板上。"妈妈说。她拿起水桶,迅速将一桶水浇在壁炉的火苗上,壁炉里冒起了烟雾。

妈妈接着问:"烧着手没有?"她看看劳拉的双手,没被烧着,因为劳拉迅速把燃烧的木棍扔了出去。

劳拉已经是大孩子了,她告诉自己这个时候不应该哭。她没有哭,只有两滴眼泪从她眼眶里滚落出来,她的喉咙有些哽咽了。她把脸埋在妈妈的怀里,紧紧地抱住妈妈。她很高兴,妈妈没有被火伤着。

"别哭,劳拉。"妈妈摸着劳拉的头说,"你刚刚害怕了?"

"是的。"劳拉说,"我怕玛丽和小琳琳被火烧着,我也怕大火烧掉我们的房子,我们就没房子住了。我——

第十六章 烟囱起火了

我现在还有点儿害怕呢!"

玛丽缓过神来,她告诉妈妈劳拉是怎么把摇椅从火边拉开的。劳拉那么小,摇椅那么大,玛丽和小琳琳还坐在上面,很沉,玛丽不知道劳拉是怎么做到的,妈妈听了也很吃惊。

"你是个勇敢的孩子,劳拉。"妈妈说。不过,劳拉真的是被吓坏了。

"并没损失什么。"妈妈安慰她说。"房子没着,玛丽的裙子也没着,她和小琳琳也没事,一切都很好。"

爸爸回来时,火已被扑灭了。风在石头砌的烟囱边吹过,屋里很冷。爸爸说他会用树枝和泥土重新砌一个烟囱,在烟囱外面抹一层厚厚的灰泥,这样就不会着火了。

爸爸带回了四只肥鸭子,他说他本可以打更多的鸭子,不过四只就足够了。他对妈妈说:"卡罗琳,你可以把野鸭、野鹅的羽毛留起来,等以后做一床羽绒被。"

当然,他还可以捕到一只鹿,但天气还不够冷,肉冻不起来,也许还没吃完就坏了。爸爸还找到一群火鸡栖息的地方。"等到感恩节和圣诞节时就有火鸡吃了。"爸爸高兴地说,"火鸡又肥又大,等过节时就抓几只回来。"

爸爸吹着口哨,砍了些树枝,和了些灰泥,重新砌了烟囱。妈妈把野鸭的毛拔干净,然后开心地生火,烤上一只大肥鸭,还烤了玉米饼。一切还是那么舒适。

吃过晚饭,爸爸说他想明天早上去镇上。"事情办完就回来。"爸爸说。

"是的,查尔斯,还是去一趟好。"妈妈说。

"要是不去,咱们的日子也过得挺好的。"爸爸说,"不用为一点儿小东西往镇上跑。斯科特从印第安纳州带来的烟叶味道差了点儿,但还可以,明年夏天我要种一些还给他。唉,真希望没向爱德华借过铁钉。"

"但你借了啊。"妈妈说,"我猜你和我一样不喜欢借东西。我们还需要一些奎宁。玉米面我在省着吃,但也快吃没了,糖也是。你可以找蜂蜜来代替糖,但找不到玉米啊,即使想种玉米,也要等到明年了。整天吃野味有点儿腻,买些腌猪肉回来,换换口味挺好的。还有,查尔斯,我想给威斯康星州的亲戚们写封信,如果现在把信寄出去,他们冬天就能收到了,那么等到明年春天,我们就能看见他们的回信了。"

"你说得对,卡罗琳,你的想法总是对的。"爸爸说。随后,他转过头对玛丽和劳拉说:"该去睡觉了。"他今晚也要早点儿睡,因为明天要早点儿动身。

玛丽和劳拉换上睡衣,爸爸脱掉靴子。等她们上床后,爸爸拿出小提琴,他拉着琴,轻轻唱着:

第十六章　烟囱起火了

月桂树绿葱葱,
芸香也绿了,
我亲爱的人啊,
教我如何与你相别——

妈妈转过身对爸爸微笑着。"路上照顾好自己,查尔斯,别担心我们。"妈妈说,"我们都会没事的。"

第十七章　爸爸到镇上去

爸爸准备好所有的东西，天还没亮，他就出发去镇上了。爸爸不在家的日子里，屋里显得很冷清，幸好还有爱德华先生来帮忙，斯科特太太也来和妈妈聊天，一家人都在盼着爸爸早日回来。

天还没亮，爸爸就出门了。玛丽和劳拉醒来时，爸爸已经走了，屋子里空荡荡的，很冷清。这情形和爸爸去打猎可不一样，爸爸要四天后才能回来。

小兔儿马被关在马厩里，它不能和妈妈一起去，因为路程太远了。小兔儿马悲伤地叫着。玛丽、劳拉和妈妈待在屋子里，爸爸不在家，屋外显得很空旷，她们不想在外面玩。杰克显得很不安，总是警惕地四处张望着。

第十七章 爸爸到镇上去

中午，劳拉和妈妈一起去喂小兔儿马喝水，然后把拴母牛的桩子移到另一片草地上，让母牛能够吃到新鲜的草。母牛很温顺，妈妈牵它到哪儿，它就去哪儿，还让妈妈挤奶呢。妈妈戴着帽子正准备挤奶时，突然，杰克身上的毛竖了起来，冲出屋去。随后她们听见一声大叫，还有攀爬的声音，有人在喊："叫狗走开！叫狗走开！"

爱德华先生已经爬到了高高的柴堆上，杰克也在使劲往上爬。

"它逼我爬上来的。"爱德华先生一边说，一边往后退。妈妈费了好大的劲儿才管住杰克，它咧着嘴，眼睛通红。尽管它让爱德华先生下来了，但还是紧紧瞪着他，一刻也不放松。

妈妈说："我想，它好像知道查尔斯先生不在家。"

爱德华先生说，狗比人们想象的聪明得多。

爸爸早晨去镇上的途中路过爱德华先生的家，请爱德华先生每天过来帮着照看一下。爱德华先生是个好邻居，他决定来帮妈妈干点儿活儿。但自从爸爸走后，杰克就下了决心，除了妈妈外，不许任何人靠近母牛或小兔儿马。这样，爱德华先生来帮忙时，就只能把杰克关在屋里了。

爱德华先生离开时告诉妈妈："今天晚上把杰克关在屋里，你们就安全了。"

夜色降临，风悲伤地刮着，猫头鹰也叫着，一只狼在嚎叫，杰克发出低沉的吼声。玛丽和劳拉紧紧地靠着妈妈，坐在壁炉前，她们知道很安全，因为杰克在这儿守着，门也闩好了。

第二天和昨天一样，很冷清。杰克一直围着马厩和小屋转来转去，没时间理会劳拉了。

下午，斯科特太太来看妈妈。她们说话的时候，劳拉和玛丽就安静地坐在一边，像小老鼠那样安静。斯科特太太很喜欢这把摇椅，她坐在椅子上，摇啊摇啊，心里很兴奋。她还说小屋很整洁、很舒适、很漂亮。

她希望大家能和印第安人友好相处。她听到了一些有关印第安人的谣言，说："说真的，他们根本没好好利用这片土地，他们只知道四处游荡。不管有没有条约，这片土地应该属于能耕作它的人，这才符合常识，这才是公道。"

斯科特太太不知道为什么政府要和印第安人订立条约。她认为印第安人没一个好人，只要想起印第安人，她就心惊胆战。她说："我无法忘记明尼苏达州的大屠杀。我的爸爸、兄弟和村里其他人参加了这场大战，在离我们五十英里的西边，挡住了他们的进攻。我常听爸爸说起印第安人是怎样的……"

妈妈咳嗽了一声，斯科特太太不说了。不管大屠杀是怎么回事，大人都不应该在孩子面前提起。

斯科特太太走后，劳拉问妈妈大屠杀是怎么回事，妈妈说现在没法解释，等她长大后就会知道的。

那天晚上，爱德华先生来帮忙，杰克又把他逼上了柴堆。妈妈不得不把它拖走。妈妈告诉爱德华先生，她也不知道杰克为什么这样，也许是风让它烦躁吧。

这风吹得有点儿怪，像狼嚎一样，发狂似的怒吼着，甚至能掀起劳拉的衣服，她和玛丽搬木柴进屋时，两个人冻得牙齿直打架。

那天夜里，她们想到了爸爸。如果路上没有耽搁，他应该到了独立镇，也许他正在靠近房屋和人群的地方过夜，明天就能去商店买东西了。如果他早点儿动身的话，还可以赶一段路，明晚在草原上宿营，那么后天晚上就能到家了。

到天亮时，风吹得更厉害了，天气很冷，妈妈把门紧关着。玛丽和劳拉坐在壁炉边，听着风在木屋周围和烟囱里狂叫的声音。那天下午，她们又想起了爸爸，不知道爸爸是不是在顶着寒风往家赶呢。

天黑了，她们不知道爸爸会在哪儿宿营。寒风刺骨，直冲进温暖的小屋，她们在炉火旁取暖，后背却冷得打战。而此时,爸爸在漆黑而广阔的大草原上,孤单地睡在篷车里。

第二天的日子过得很漫长,她们不知道爸爸上午能不能回来,但她们还是盼望着爸爸回家。到了下午,她们就朝着溪流那边的路张望着。杰克也朝那个方向望着,它叫着跑出小屋,绕着马厩和木屋跑了一圈,然后停下来朝溪边洼地那边看,它还龇着牙,风差点儿把它吹倒。

杰克回到屋里,也不像往常那样安静地躺着,它不停地走动,就像在担心着什么。它脖子上的毛竖了起来,又倒下去,然后又竖起来。它试着从窗户往外看,又冲着大门叫了几声。可是,等妈妈把门打开,它又改变主意,不出去了。

"杰克好像在害怕什么。"玛丽说。

"杰克什么都不怕。"劳拉争辩着。

又过了一会儿,杰克想出去了。它来到马厩里,要看看母牛、小牛犊和小兔儿马是否安全。劳拉想对玛丽说:"我说得没错吧!"但她没说出来,只是想了想。

爱德华先生来帮忙的时候,妈妈就把杰克关在屋里,免得再把爱德华先生逼到柴堆上。爸爸还没回来。风几乎把爱德华先生吹进了屋里,他上气不接下气,浑身都快冻僵了。干活之前,他先在炉子旁暖暖身子,然后起身去干活,干了一会儿,就又来取暖。

爱德华告诉妈妈,印第安人在悬崖下扎营了,他过河的时候看见他们在生火,冒着烟,他问妈妈有没有枪。

妈妈说爸爸把枪留下了,爱德华先生说:"像这样的晚上,我估计他们应该待在营地里,不会走出来的。"

"我觉得也是。"妈妈说。

爱德华先生说,如果妈妈担心的话,他可以在马厩里用干草铺张床,在这里睡一宿。妈妈听了很感激,但妈妈不希望太麻烦他,有杰克在,她们会很安全的。

"查尔斯很快就能回来啦。"妈妈说。于是,爱德华先生穿上外套,戴上帽子和手套,又围上围巾,拿着枪离开了。临走前,他说不会有什么事的。

"是的。"妈妈说。

爱德华先生刚走,尽管天还没黑,妈妈还是把门关上了。这时,玛丽和劳拉望着河边的小路,她们一直望着,直到天黑。然后妈妈把窗户上的木板也关上了。此时爸爸还是没回来。

吃完晚饭,她们洗了盘子,扫了炉前的地面,爸爸还是没有回来。在黑暗的野外,风在呼啸着,爸爸一个人在赶着路。风把门吹得直响,木板晃动着,烟囱里也灌进风来,炉火熊熊燃烧着。

劳拉和玛丽竖着耳朵，仔细听着外面有没有马车驶来的声音。她们知道妈妈也在听着，尽管她唱着歌，哄着小琳琳睡觉。

小琳琳睡着了，妈妈还在轻轻地摇着她。等她睡熟后，妈妈给她脱下外衣，把她放在床上。这时，玛丽和劳拉互相看了看，她们不想睡觉。

"孩子们，该睡觉了！"妈妈说。但劳拉央求妈妈让她再坐一会儿，等爸爸回来再睡。玛丽也求着，妈妈只好答应她们了。

她们坐了很久，玛丽打了个哈欠，劳拉也打了个哈欠，然后两个人一起打了哈欠，但她们仍尽力把眼睛睁得圆圆的。

劳拉看见屋里的东西一会儿变大，一会儿变小。她有时候看见两个玛丽，有时候又看不见，但她坚持等着爸爸回来。突然，"砰"的一声吓了她一跳，妈妈把她从地上抱了起来，原来她从椅子上摔下来了。

她想告诉妈妈她不困，但她又打了个哈欠，嘴差不多咧成两半了。

睡到半夜，劳拉一下子坐了起来，妈妈仍然坐在炉火旁的摇椅上，静静地等候着。门窗还在响，风还在呼啸。玛丽睁大眼睛，杰克在地上不安地走来走去。劳拉听到远处传来狂啸声,那声音忽高忽低,听着让人害怕。

"躺下,劳拉,好好睡觉。"妈妈轻轻说。

"是什么在叫?"劳拉问。

"是风的声音。"妈妈说,"听话,快睡吧,劳拉。"

劳拉躺下来,但眼睛睁得大大的。她知道爸爸现在在黑暗的草原上过夜呢,那里也有可怕的风声。河边的低洼地住着印第安人,他们很可怕,但爸爸必须穿过那片低洼地。杰克还在不停地叫着。

妈妈坐在舒适的摇椅里,轻轻地摇着。炉火时大时小,还忽明忽暗的。妈妈开始唱歌了,那歌声轻柔而甜美:

在那遥远的地方,

有一个幸福的国度,

圣徒们住在那里,

荣光闪耀如同白昼。

啊,听天使在歌唱,

荣耀归于上帝……

不知不觉中劳拉睡着了。她梦见天使和妈妈一起唱着歌,她躺在床上听着她们美妙的歌声。听着听着,她突然睁开眼睛,看见爸爸就站在炉火那里。

她一下子从床上跳下来,大声喊着:"爸爸!爸爸!"

爸爸的靴子上沾满了稀泥,鼻子冻得红红的,头发乱蓬蓬的。他身上很冷,劳拉走近他时,一阵寒气钻进她的睡衣里。

"等一下。"爸爸用妈妈的大披肩把劳拉裹起来,然后紧紧抱住她。啊,又像以前一样了。炉火照得屋里暖暖的,那么舒适,咖啡散发出浓浓的香味,这香气充满了整个房间。妈妈高兴地笑着,爸爸终于回来啦。

妈妈的披肩很大,玛丽用另一头裹住自己。爸爸脱掉硬硬的靴子,把冻得发僵的手放在炉上烤暖和。他坐在凳子上,把玛丽和劳拉分别放在他的两条腿上,紧紧抱住她们。她们两个被披肩裹着,露出的小脚丫被热乎乎的炉火烤着。

"唉!"爸爸长长地叹了一口气,"我还以为回不来了呢。"

妈妈在爸爸买回的东西里找到了糖,舀了些放进锡杯里。爸爸从独立镇买糖了。"查尔斯,咖啡马上就好了。"妈妈说。

"从这儿到独立镇的路上一直在下雨。"爸爸说,"回来的时候,车轴上的泥都硬了,轮子几乎转不动。我

第十七章 爸爸到镇上去

只好下车把这些泥刮掉,马才能拉得动篷车。可走了一会儿,马车又不动了,我又得停下来清理泥巴。就这样,走一会儿,停一会儿。我必须这样去做,才能让帕蒂和佩特冒着寒风赶回来。它们累得都快走不动了,走起路摇摇晃晃的。我从没见过这么大的风,那风吹在身上就像刀子割一样。"

爸爸还在镇上的时候,就已经开始刮风了。镇上的人劝爸爸等等再走,但爸爸想尽快赶回家。

"我不明白。"爸爸说,"为什么他们把从南方吹来的风叫作北风?从南方吹来的风为什么还这么冷?我没遇见过这样的事,这是我经历的最冷的风。"

爸爸喝完咖啡,用手帕擦擦胡须,感叹着:"哦,好舒服呀!卡罗琳!现在我身子开始暖和了。"

爸爸对妈妈眨眨眼睛,让她打开桌上那个四方形的包裹。"小心点儿,别掉地上。"爸爸说。

妈妈停了下来,说:"哦,查尔斯,你该不会买了……"

"打开看看吧。"爸爸说。

四方形的包裹里是八块小小的玻璃,他们的小屋该有玻璃窗了。

这八块玻璃丝毫没有破损,这一路上爸爸都小心地保护着它们。虽然妈妈摇摇头，说爸爸不应该花这么多钱，但她脸上有着幸福的微笑，爸爸也高兴地笑了起来。一家人都很开心。窗户安上玻璃后，即使在这漫长的冬季里，他们也可以尽情欣赏外面的景色了，阳光也会透过玻璃照进屋里，屋子里会很明亮。

爸爸说，他觉得妈妈、玛丽和劳拉都会喜欢玻璃窗户的，这比任何礼物都好。爸爸猜得没错，她们都很喜欢。此外，爸爸还带回了满满一小袋白砂糖。妈妈打开纸袋，玛丽和劳拉都围过来，看着那晶莹剔透的白砂糖，她们用小汤匙尝了一口，然后妈妈小心地把糖袋重新包好。以后有客人来的时候，他们就能拿出白糖来招待了。

最值得大家高兴的是，爸爸平安地回到家了。

玛丽和劳拉又回到床上睡觉了，她们感觉很舒服。只要有爸爸在，一切都不用担心。这次爸爸买了铁钉、玉米面、肥猪肉、盐，还有一些其他的东西，这样在很长的时间里，爸爸都不用再到镇上去了。

第十八章　高个子印第安人

连着三天都刮着大风。等风过后,有个印第安人骑着马在小屋周围走来走去,还进了屋,和爸爸坐在一起吃饭。他走后,一家人也松了口气。

一连三天,大草原上的风低沉地呼啸着,一刻也不停歇。三天后,太阳终于出来了,阳光温暖地照着大地,风也柔和了,但是,空气中已能感觉到几分秋意了。

印第安人骑着马在小木屋周围的路上走来走去,似乎在他们眼里,小木屋就没有存在过。

他们赤裸着大半个身子,很瘦很黑。他们骑着小马,这种马既不用马鞍,也不用缰绳,他们就直直地坐在光光的马背上,也不东张西望,但他们的黑眼睛却闪闪发光。

劳拉和玛丽靠着木屋，抬头看着他们。在这蔚蓝的天空下，印第安人红褐色的皮肤很显眼，他们头上的辫子用彩带扎得很高，上面还插着羽毛，羽毛随风飘动着。他们的脸就像爸爸做壁炉架的红褐色木头。

"我以为这条小路已经废了，他们不会再走了。"爸爸说，"我要是知道这是他们走的大路的话，我就不会把小木屋建在这儿。"

杰克很讨厌印第安人，妈妈并不责怪它。她说："我要说，这儿的印第安人好像越来越多了，我只要一抬头就能看见他们。"

正说着的时候，妈妈突然一抬头，看见一个印第安人正站在家门前看着他们，他们竟没听到他的脚步声。

"天哪！"妈妈吸了一口冷气。

杰克一声不响地扑向印第安人，爸爸及时抓住了杰克的颈圈。印第安人一动不动地站在那里，就像没有看到杰克。

"噢！"他对爸爸说。

爸爸紧紧抓住杰克，也对他说："噢！"然后爸爸把杰克拴在床脚边，印第安人走进屋里，坐在了壁炉旁边。

爸爸也坐在印第安人旁边，他们就这样友好地坐在一起，一句话也没说，直到妈妈做完晚饭。

第十八章 高个子印第安人

劳拉和玛丽紧紧挤在一起,静静地坐在角落的小床上,目不转睛地看着那个印第安人。印第安人一动不动,甚至连头上插着的老鹰羽毛也没动。只有在呼吸的时候,他赤裸的胸脯才会微微起伏。他的皮革绑在腿上,上面还有毛边,鹿皮鞋上镶满了珠子。

妈妈用两个锡盘盛上晚饭,然后端给爸爸和印第安人,他们两个在那儿静静地吃着。吃完饭,爸爸给了印第安人一些烟草,他们俩把烟草放进烟斗里,借着炉子里的火把烟草点燃,没有声响地把烟抽完。

有好久,屋子里没有声音。就在这时,那个印第安人开口对爸爸说话了,爸爸摇摇头,对他说:"我听不懂。"

他们又沉默了。又坐了一会儿,印第安人站起身来,没有声响地走了。

"哎哟,我的天哪!"妈妈终于长长地舒了一口气。

玛丽和劳拉跑到窗前。她们看见印第安人腰板挺直地骑着马离开了。他的膝上还放着一把枪,枪的两端从身子两边露了出来。

爸爸说那个印第安人不是普通人,从他头顶梳的辫子来看,他应该是奥色奇人。

"如果我没猜错的话,"爸爸说,"他刚才说的是法语，要是我能懂一点儿就好了。"

"让印第安人待在他们自己的圈子里吧。"妈妈说，"我们也有属于我们自己的圈子，我不喜欢有印第安人来捣乱。"

爸爸告诉妈妈不用担心。

"那个印第安人还是很友好的。"爸爸说，"他们在悬崖那边扎营，过着很平静的日子。假如我们对他们以礼相待，并且把杰克看管好，就不会有什么麻烦。"

第二天早晨，爸爸打开门去马厩的时候，劳拉看到杰克正站在印第安人的小路上。它身体挺得很直，背上的毛耸立着，牙齿也露在外面。原来昨天那个印第安人正骑着马在它前面呢。

印第安人和小马一动也不动，杰克的表情很凶狠，似乎在告诉他，只要他敢向前一步，它就会立刻扑上去。双方就这样对峙着，只有印第安人辫子上的老鹰羽毛随风飘动着。

印第安人看见爸爸时，举起了枪，瞄准杰克。

劳拉跑到了门口，但爸爸跑得更快。他冲到杰克和枪之间，弯腰抓住杰克的颈圈，迅速把杰克从路上拖走。那印第安人就沿着小路走了。

爸爸站在那里，双手插在裤袋里，望着印第安人骑着

第十八章 高个子印第安人

马越走越远,直到消失在大草原中。

"差点儿要了你的命!"爸爸对杰克说,"这条路毕竟是他的,在我们来之前,印第安人就在这条路上走了。"

爸爸在小屋的墙壁上钉了个铁环,把杰克用链子拴了起来。从此以后,杰克就经常被拴着了。白天,它被拴在木屋边,晚上,它被拴在马厩旁,因为现在这附近开始有偷马贼了,爱德华先生的马就被偷走了。

杰克因为整日被链子拴着,没有了自由,脾气变得越来越暴躁,但这也是没有办法的。它不承认那条路是印第安人的,它觉得那条路是属于爸爸的。但劳拉知道,一旦杰克咬伤印第安人,肯定会产生严重的后果。

冬天来了。灰暗的天空下,草丛的颜色也变得很暗。风悲鸣着,就像是在伤心地寻找着什么,却总是找不到。野兽身上有着厚毛皮,爸爸在溪边洼地设下捕兽夹子,每天去打猎的时候他总要去看一看,看是否有动物撞上来。冬天的夜晚非常冷,爸爸开始猎鹿,鹿肉可以保存起来,不会坏掉。爸爸还捕到了狼和狐狸,剥下它们的毛皮。捕兽夹子还捕捉到了海狸、麝鼠和貂。

爸爸把这些动物毛皮放在屋外,仔细拉开钉好,把它们晾干。到了晚上,爸爸就用双手搓这些毛皮,把它们搓软，然后把它们捆好放在角落里。墙角的毛皮越来越多。

劳拉喜欢摸红狐皮的毛，那毛很厚，她还喜欢海狸的棕色软毛和蓬松的狼毛。不过，她最喜欢的还是貂皮，因为它很光滑，很柔软。爸爸把这些攒起来，准备明年拿到镇上去卖。劳拉和玛丽现在有兔皮帽了，爸爸也有一顶用麝鼠皮做的帽子。

一天，爸爸出去打猎的时候，有两个印第安人来了。杰克被拴着，他们就直接闯进了屋里。

这两个印第安人浑身很脏，看起来很难看。他们在屋里来来回回地走着，就像他们是这里的主人。一个人打开橱柜，拿走了所有的玉米饼，另一个人拿走了爸爸的烟草袋。他们又看了看爸爸挂枪的地方，然后其中一个印第安人拿走了墙角的那捆毛皮。

妈妈抱着小琳琳，玛丽和劳拉紧挨着妈妈站着。她们眼看着印第安人拿走了爸爸的毛皮，却没有办法。

妈妈瘫坐下来，她紧紧抱住玛丽和劳拉，劳拉听到妈妈的心跳很快。

"好了，没事了。"妈妈微笑着说，"幸好他们没拿走我们的犁和种子。"

听完妈妈的话，劳拉问妈妈："什么是犁啊？"

"明年我们耕地时需要用的犁和种子，都要用那些毛皮去换。"妈妈说。

爸爸回来后,她们把白天发生的事都告诉了爸爸,爸爸听了表情很严肃,不过他说还好,没事就好。

那天晚上,玛丽和劳拉上床后,爸爸拉起了小提琴。妈妈抱着小琳琳坐在摇椅上,轻轻跟着琴声唱着:

美丽的阿尔法拉塔,
一位印第安女郎,
在草原上游荡着。
蓝色的朱尼塔河啊,
缓缓地流淌。
彩绘的箭袋里,
插着坚韧无比的箭,
轻巧的独木舟,
在激流中快速驶去。

阿尔法拉塔的爱人,
一位勇敢的战士。
划着独木舟顺河而下,
他的羽饰在阳光下飘扬着。
他对我温柔地道别,

然后发出战斗的呐喊声，
声音犹如雷鸣，
在山间回荡。

美丽的阿尔法拉塔，
印第安女郎。
她这样唱着，
蓝色的朱尼塔河啊，
静静地流淌。
飞逝的岁月啊，
带走了阿尔法拉塔的歌声，
蓝色的朱尼塔河啊，
仍在静静地流淌……

妈妈的歌声随着琴声慢慢消失。劳拉问："阿尔法拉塔的歌声传到哪儿去了？"

"哎呀，"妈妈说，"你还没睡着呢？"

"我正准备睡呢。"劳拉说，"不过，请告诉我，阿尔法拉塔的歌声传到哪儿去了？"

"哦，我想应该传到西部去了。"妈妈说，"那是印第安人去的地方。"

第十八章 高个子印第安人

"他们为什么要去呢,妈妈?"劳拉问,"他们为什么要去西边?"

"他们必须去。"妈妈说。

"他们为什么必须去?"

"政府让他们去的,劳拉。"爸爸说,"现在快睡吧。"

爸爸又轻轻拉起小提琴,劳拉又忍不住问:"爸爸,我能再问个问题吗?"

"你应该说,我可不可以再问一个问题。"妈妈纠正她。

劳拉重说一次:"爸爸,我可不可以……"

"什么问题?"爸爸没等劳拉说完就问。小孩子打断别人的话是不礼貌的,但是大人可以。

"政府让这些印第安人搬到西边去吗?"

"是的。"爸爸说,"白人要来这里开垦了,印第安人就得走。政府随时会让他们搬到更远的地方。这就是我们要来这里的原因,白人将在这里定居。我们来得早,所以能得到好的土地,明白了吗?"

劳拉说:"我明白了,爸爸。但我觉得这里是印第安人的领土,这样做会不会……"

"别再问了,劳拉。"爸爸语气很坚决地说,"快睡觉去吧。"

151

第十九章　圣诞老人的礼物

　　天气越来越冷了，但还没下雪。圣诞节快到了，玛丽和劳拉都在盼着圣诞老人的到来，但河水在上涨，圣诞老人恐怕过不来了。爱德华先生却来了，还给她们带来了圣诞礼物，他们度过了美好的圣诞节。

　　白天变得越来越短，也更冷了。寒风呼啸着，就是还没下雪。寒冷的雨一直下着，淅淅沥沥落在屋顶上，顺着房檐流下来。

　　玛丽和劳拉围着炉子坐着，缝着她们的拼布棉被，或者用包东西的旧纸剪纸娃娃。她们的耳边总是回荡着雨声。每天晚上都很冷，她们总盼望着第二天能下雪，可是

第十九章 圣诞老人的礼物

天亮后,她们只看见了湿漉漉的枯草。

她们把鼻子凑到玻璃窗户边,高兴地望着外面的风景。不过,她们更希望看见漫天飞舞的雪花。

圣诞节快到了,劳拉很担心,如果还不下雪,那么圣诞老人和驯鹿就来不了了。玛丽也担心,即使下雪,印第安地区这么遥远,圣诞老人也找不到她们啊。她们问过妈妈这个问题,妈妈说不知道。

"今天几号了?"她们急切地问,"还有几天过圣诞节啊?"她们每天算着日子,终于,还有一天就是圣诞节了。

那天早晨还是下着雨,天空灰蒙蒙的。她们觉得今年没法儿过圣诞节了,但还是抱着一丝希望。

快到中午时分,乌云散开了,天空放晴了。太阳出来了,鸟儿开始歌唱,草叶上的露珠闪闪发光。妈妈打开门,一股清新而寒冷的空气迎面扑来,她们听到河水流动的声音。

她们一直没想到溪流这个问题,现在她们知道别指望过圣诞节了,因为圣诞老人没法渡河。

爸爸走进来,拿着一只又肥又大的火鸡。他说,这只鸡要是没二十磅重的话,他就把它整个吃下去。他问劳拉:"用它来做我们的圣诞大餐,怎么样?劳拉,你想你吃得下一只鸡腿吗?"

劳拉说吃得下,但还是不高兴。这时,玛丽问爸爸,河水是不是降了些?可爸爸说没有,还在往上涨呢。

妈妈说天气很糟糕,她不希望爱德华先生自己过圣诞节。他们曾邀请他一起过圣诞节。但爸爸摇摇头,说现在渡河太危险了。

"算了吧。"爸爸说,"河水太急了,爱德华先生今晚肯定来不了了。"当然,圣诞老人也不会来了。

劳拉和玛丽尽量不去想圣诞老人的事。她们看着妈妈煺火鸡毛。妈妈安慰她们说,她们都是幸运的小女孩,可以坐在温暖的炉火边,还能吃到火鸡肉。妈妈说得没错。妈妈又说,今年圣诞老人来不了了,真是太遗憾了,不过她们是乖孩子,圣诞老人是不会忘记她们的,明年他肯定会来的。

不管怎样,劳拉和玛丽还是不开心呢。

那天晚上吃完饭后,她们洗完手和脚,换上法兰绒睡衣,系好睡帽带子,正经地做完祷告,然后躺在床上,盖好被子。她们都有些失落,感觉这不像是在过圣诞节。

爸爸和妈妈静静坐在壁炉边。过了一会儿,妈妈问爸爸怎么没拉小提琴。爸爸说:"我没什么心情,卡罗琳。"

第十九章 圣诞老人的礼物

又过了一会儿,妈妈突然站了起来。

"孩子们,我把你们的袜子挂起来,也许会发生什么事呢。"妈妈说。

劳拉听到这话,心跳得很快。妈妈拿出玛丽和劳拉各自的一只干净袜子,把它们挂在壁炉边。劳拉和玛丽透过被子边缘,偷偷看着妈妈。

"好了,快睡觉吧。"妈妈亲了她们,和她们说晚安,"好好睡觉,睡醒了天就亮了。"

妈妈又坐到壁炉边,劳拉快要睡着了。她似乎听见爸爸说:"你这样做只会更糟,卡罗琳。"接着好像是妈妈说:"不会的,查尔斯,我们还有白糖。"不过也可能是她在做梦。

后来,她听到杰克疯狂地叫着。门闩在响,有人叫着:"查尔斯!查尔斯!"爸爸打开门,劳拉看见天已经快亮了。

"好家伙!爱德华,快进来,出什么事了?"爸爸说。

看见袜子里还是空空的,劳拉把脸埋在枕头里。她听到爸爸往炉子里加木炭,还听到爱德华先生说,过河的时候,他把衣服顶在头上,从河那边游过来。他冻得牙齿在打战,声音也在发抖,但他说只要烤烤火就会没事的。

"爱德华,这太冒险了。"爸爸说,"你能来我们很高兴，但为了吃一顿圣诞午餐，这样做也太危险了。"

"但孩子们不能不过圣诞节啊，我从镇上带了些礼物，所以就不顾河水的阻挡过来了。"爱德华先生说。

劳拉一下从床上坐了起来，她大声说："您看到圣诞老人了？"

"那当然啦。"爱德华先生说。

"在哪儿见的？什么时候？他长什么样子？他说什么了？他让您给我们带礼物了？"劳拉和玛丽一起问。

"等一等，等一等。"爱德华先生边说边笑。妈妈说，她要按着圣诞老人的意思，把礼物放进袜子里，她们不能偷看。

爱德华先生走过来，坐在她们床边，回答她们刚才提的问题。她们老实地待在床上，没有偷看妈妈在做什么。

爱德华先生说，当他看见河水上涨时，就知道圣诞老人来不了了。"但是您来了啊。"劳拉说。爱德华先生说："是的，圣诞老人年纪太大了，又很胖，所以游不过来。只有像我这样又高又瘦的人才能游过来。"爱德华先生想，如果圣诞老人过不了河，他就会从小镇上往回走了。圣诞老人怎么可以走上四十英里路，穿过草原，结果又见不到人就白走回去呢？当然不能让他白跑一趟。

因此，爱德华先生就去了一趟独立镇。"冒着雨去的

第十九章 圣诞老人的礼物

吗？"玛丽问。爱德华先生说，他是穿着雨衣去的。到了独立镇，他就在街上遇到了圣诞老人。"是在白天吗？"劳拉问。她不相信有人在白天遇到圣诞老人。爱德华先生说是在晚上，有酒店的灯光照到街上。

圣诞老人见到他就说："嗨，爱德华！""他认识您吗？"玛丽问。劳拉也问："你怎么知道他是圣诞老人呢？"爱德华先生说，圣诞老人认识每一个人。而他认得圣诞老人的胡须，那胡须很密很白，是比密西西比河还长的胡须。

接着，圣诞老人说："嗨，爱德华，上次我见到你时，你还正睡在田纳西州一张玉米壳铺的床上。"爱德华先生还清楚地记得，那次圣诞老人送给他的是一双红色羊绒手套。

圣诞老人又说："我知道你现在住在弗底格里斯河的下游。你认识那边叫玛丽和劳拉的两个小女孩吗？"

"我当然认识了。"爱德华先生说。

"我心里老挂着一件事。"圣诞老人说，"她们都很听话，还很可爱很漂亮，我知道她们在盼着我过去，我也不想让她们失望。但河水涨得那么高，我游不过去，我想不到有什么方法能去她们家。爱德华，你能帮我个忙，把礼物带给她们吗？"

"我很愿意。"爱德华先生说。

于是，爱德华先生和圣诞老人走到拴骡子的地方。

"他没带驯鹿吗？"劳拉问。玛丽说："因为没下雪，所以他没法骑驯鹿。"爱德华先生说："的确是这样，圣诞老人来大草原，都是牵着驮背包的骡子走的。"

"那是什么礼物啊？"劳拉激动地问，而玛丽却问："接着他做什么呢？"

"接着，圣诞老人挥挥手，骑上他的栗色马。别看圣诞老人很魁梧，又那么胖，他骑马的时候却很灵活。他把又白又长的胡须塞进围巾里。'再见，爱德华。'说完他就骑着马，吹着口哨，朝道奇堡的小路走了。"

第十九章 圣诞老人的礼物

劳拉和玛丽不说话了,她们沉浸在那个情境中。

妈妈突然说:"孩子们,现在可以看礼物了。"

劳拉的袜子口有个东西在闪光,她尖叫了一声,从床上跳起来。玛丽也跳起来,不过劳拉抢先来到了壁炉前。原来那发光的东西是一只锡杯子。

玛丽也得到了一个一模一样的杯子。

现在她们有自己的喝水杯子了。劳拉高兴地跳来跳去,又叫又笑。玛丽只是静静站在那儿,仔细看着那只新杯子。

然后,她们把手伸进袜子里面,摸出了两根很长的棒棒糖,上面还有红白色条纹。她们拿着棒棒糖看了又看,劳拉轻轻舔了一下,玛丽没那么贪嘴,她不舍得舔。

袜子里还有东西。劳拉和玛丽又拿出来两个小包。她们打开包,发现里面有一个心形蛋糕。蛋糕上还点缀着白色糖粒,一粒粒的就像雪花。

蛋糕很漂亮,她们不舍得吃,只是看着。劳拉把她的那块蛋糕翻过来,从底下捏了一点儿出来,她发现小蛋糕里面是白色的。

这蛋糕是用白面粉和白糖做的。

玛丽和劳拉不再看袜子里面还有什么了。杯子、蛋糕、棒棒糖,这些礼物就够了。她们高兴得说不出话来，这时，妈妈提醒她们，让她们看看袜子里的东西拿完没有。

于是她们又伸手进去。

在每个袜子的脚指头里，还有一枚发亮的新硬币。

她们从没想过自己会有一枚硬币。想到自己有了钱，还有杯子、蛋糕、棒棒糖，她们高兴极了。

现在，劳拉和玛丽应该感谢爱德华先生的珍贵礼物，但她们太高兴了，早把爱德华先生忘到脑后了，甚至连圣诞老人也忘了，相信她们一会儿会想起来的。妈妈轻声提醒说："你们不感谢爱德华先生吗？"

"哦，谢谢您，爱德华先生，太感谢啦！"她们发自内心地说。爸爸也握住了爱德华先生的手。爸爸、妈妈和爱德华先生感动得快哭了，劳拉不知道为什么，她只是低头看着自己的礼物。

劳拉听见妈妈惊讶地叫了一声，她抬头看见爱德华先生从口袋里拿出几个番薯。他说，这是过河时放在头顶上来保持平衡的。他想爸爸和妈妈会喜欢番薯的，它可以和圣诞火鸡一起吃。

一共九个番薯，这也是爱德华先生从镇上带来的。"你带的东西太多了，爱德华。"爸爸说。他们都不知道该怎么谢他。

第十九章 圣诞老人的礼物

玛丽和劳拉兴奋得都没心思吃早饭了。她们用新杯子喝牛奶,兔子肉和玉米粥一口也没吃。

爸爸看着有点儿着急,但妈妈说:"没事,查尔斯,很快就该吃圣诞午餐了。"

圣诞午餐有烤火鸡,还有烤番薯,擦掉番薯上的灰,都可以连皮一起吃。还有一条面包,那是用剩下的面粉做的。

此外,还有煮好的黑莓和小蛋糕。这些小蛋糕是用红糖做的,上面没撒白糖。

吃完午餐,爸爸妈妈和爱德华先生围在炉子边,回忆着田纳西州和在北方大森林过圣诞节的情景。劳拉和玛丽一直看着漂亮的蛋糕,玩着硬币,用新杯子喝着水,一点儿一点儿地舔着棒棒糖,最后糖棍前面都变尖了。

这真是个快乐的圣诞节!

第二十章　深夜的尖叫声

　　白天越来越短，天空灰蒙蒙的，晚上很黑很冷。云层低悬在小屋上空，笼罩着荒凉的草原。雪不停地下着，雪花随着寒风在空中慢慢飞舞，最后落在枯草丛中。到了第二天，雪就消失了。

　　爸爸每天都要出去打猎、捕动物。玛丽和劳拉在温暖的屋子里帮妈妈干活，缝自己的棉被。她们和小琳琳玩拍掌的游戏，玩藏顶针的游戏。她们又在手指上绕一根线，玩"翻绳儿"游戏。她们还玩"热豆粥"游戏，两人面对面，嘴里哼着：

　　热豆粥，

第二十章　深夜的尖叫声

凉豆粥，
豆粥在锅里，
已经九天了。

有人喜欢热的，
有人喜欢冷的，
有人喜欢盛在锅里，
放九天再吃。

我喜欢热豆粥，
我喜欢凉豆粥，
我喜欢盛在锅里，
九天吃完它。

如歌声那样，当爸爸打猎回来很累的时候，妈妈会给他盛一碗香喷喷的热豆粥。劳拉喜欢吃热豆粥，也喜欢凉的，豆粥煮的时间越长越好吃，但是从没吃过煮九天的豆粥。

风不停地刮着，发出悲伤的哀鸣。她们对风声已经习惯了，她们整天听着风声，晚上似乎也能听到风声。可有一天晚上，她们听到一声可怕的尖叫声，就立刻被惊醒了。

爸爸立刻爬了起来,妈妈问:"查尔斯,是什么声音?"

"是个女人的尖叫声。"爸爸边说,边赶快穿上衣服,"像是从斯科特先生家那边发出的。"

"天哪,一定发生什么事了。"妈妈焦急地说。

爸爸在穿靴子,他先把一只脚放进长筒靴,然后手指穿过皮带扣,用力一拉,在地板上跺两脚,就穿好靴子了。

"也许是斯科特先生病了……"爸爸边说边穿着另一只靴子。

"会不会是……?"妈妈低声说。

"不会。"爸爸说,"我说过,印第安人不会惹麻烦的,他们在悬崖那边的营地过着安静的生活。"

劳拉想从床上爬起来,但妈妈说:"躺下别动,劳拉。"劳拉就乖乖躺下来。

爸爸穿上鲜艳的花格子大衣,戴上帽子,围好围巾,点亮灯笼里的蜡烛,拿着枪,就急忙出门了。

在爸爸转身关门的时候,劳拉看见外面很黑,一颗星星也没有。

"妈妈。"劳拉说。

"怎么了,劳拉?"

第二十章 深夜的尖叫声

"天怎么这么黑啊?"

"暴风雨快来了。"妈妈说。她把门关好,在炉子里添了根木柴,又回到床上,说:"玛丽、劳拉,快睡吧。"

不过,妈妈没睡着,玛丽和劳拉也没睡着。她们躺在床上,仔细听着外面的动静。但除了风声外,什么也听不到。

玛丽把头缩进被子里,悄悄对劳拉说:"希望爸爸赶快回来。"

劳拉靠着枕头点点头,但什么都没说。她仿佛看见爸爸走在悬崖边,向斯科特先生家走着。他提着一盏灯笼,微弱的光从灯笼里漏出来,似乎要被黑暗吞没了。

过了很久,劳拉悄声说:"天快亮了。"玛丽也点点头。她们竖着耳朵听外面的风声,但就是听不到爸爸的脚步声。

随后,她们又听见可怕的尖叫声,似乎就在小屋附近。

劳拉也叫了一声,跳下床。玛丽把头埋在被子里。妈妈赶紧起床,穿好衣服,往炉火里加了根木柴,叫劳拉回到床上去。但在劳拉一再要求下,妈妈同意让她起来,"把披肩裹好。"妈妈说。

她们站在炉火边,听着外面,除了风声,什么也没有。她们没事情做,但也没心思在床上睡觉。

突然传来敲门声,只听爸爸喊着:"快开门,让我进来,卡罗琳,快点儿!"

妈妈打开门,爸爸赶紧进来,"砰"地关上门。他喘着粗气,把帽子往后一推,说:"啊!吓死我了。"

"怎么了,查尔斯?"妈妈问。

"一只豹子。"爸爸说。

爸爸赶到斯科特先生家的时候,看见房子周围一片黑暗,很寂静。爸爸绕着房子走一圈,提着灯笼四处看看,可什么也没有发现。他觉得自己很傻,半夜里穿好衣服,跑两英里路,只是因为听见可怕的尖叫声。

他不想吵醒斯科特先生和太太,就没去叫他们,沿着小路往家里赶时,他又听见那可怕的尖叫声。

"告诉你,我当时头发都竖起来了,能把帽子顶翻了。我像只受惊吓的兔子,赶紧往家里跑。"爸爸告诉劳拉。

"爸爸,豹子在哪儿啊?"劳拉问。

"在树上,在悬崖边的一棵白杨树上。"爸爸说。

"爸爸,它一直跟着你吗?"劳拉问。爸爸说:"我也不知道,劳拉。"

"好了,查尔斯,你现在没事了。"妈妈说。

"是的,我太幸运了。在这漆黑的夜晚,遇到豹子可

第二十章 深夜的尖叫声

不好啊。"爸爸说,"劳拉,我的脱鞋器在哪儿?"

劳拉把脱鞋器拿给爸爸。那是一个薄薄的橡木板,一端有个凹槽,中间装个楔子。劳拉把脱鞋器放在地上,楔子朝下。爸爸把右脚踩在木板的一边,把左脚放在凹槽里,凹槽扣住鞋跟,爸爸用力把脚一抽,靴子就下来了。然后爸爸又脱下另一只。

劳拉看着爸爸脱掉靴子,她不解地问:"豹子会叼走小孩吗,爸爸?"

"是的。"爸爸说,"它还会把小孩吃掉。你和玛丽一定要在屋子里待着,等我杀掉它你们再出来玩。等天亮了,我就去捕杀它。"

第二天,爸爸整整一天都在寻找那只豹子。第三天、第四天也是这样。他发现了豹子的脚印,还发现了它吃掉的一只羚羊的骨头,但就是看不见豹子的踪影。因为豹子总在树顶间跳着,很少留下足迹。

爸爸说他不会停止寻找豹子的。他说:"我们家里有小孩子,绝不能让豹子在这附近出没。"

但是爸爸并没杀掉那只豹子,也不再去找它了。因为有一天,他在树林里遇到一个印第安人,他们在潮湿阴冷的树林里互相看着,因为语言不通,所以没办法交流。那个印第安人指着豹子的足迹,又用枪比画着,告诉爸爸他已经杀死豹子了。他指指树梢,又指指地上,示意他把豹子从树上射下来。然后,他又指指天空,从西边到东边,那是表示他在前一天杀死了豹子。

那只豹子死了,终于安全了。

劳拉问爸爸:"那只豹子会不会叼走印第安小孩,然后吃掉呢?"爸爸说:"是的,也许,这就是印第安人杀死豹子的原因。"

第二十一章　印第安人聚会

冬天结束了，风变得轻柔了，爸爸套着马车去镇上卖毛皮，还带回了许多需要用的东西。一天夜里，她们突然听到了叫喊声，她们躲在屋子里直到爸爸回来，才知道那是印第安人在聚会。

冬天结束了。风吹起来有些轻柔，严寒已经过去了。一天，爸爸看见一群大雁朝北飞去，现在爸爸该去镇上卖毛皮了。

妈妈说："印第安人离我们好近啊！"

"他们很友善的。"爸爸说。他在森林里打猎时经常能看见印第安人，他根本不害怕的。

"那好吧。"妈妈说，"你得去镇上，查尔斯，我们需要买犁和种子,但你要赶快回来。"劳拉知道妈妈害怕印第安人的。

第二天天还没亮,爸爸就给帕蒂和佩特套上车,把毛皮捆好,装上车,然后去独立镇了。

劳拉和玛丽数着这漫长而无聊的日子。一天,两天,三天,四天,爸爸还是没有回来。到了第五天早上,她们开始去屋外等爸爸。

这天天气晴朗,风还有点儿寒意,但从空气中能嗅到春天的气息了。辽阔的天空中,回荡着野鸭的叫声,还有大雁嘎嘎的叫声。大雁排着整齐的队列,朝着北方飞去。

玛丽和劳拉在屋外玩得很开心,可怜的杰克只能看着她们。它被链子拴住,不能跑着玩了。劳拉和玛丽想去安慰它,可它不想有人哄它,它只希望重新获得自由。

直到那天下午爸爸也没回来。妈妈说,要花一些时间才能卖掉那些毛皮。

那天下午,劳拉和玛丽玩"跳房子"的游戏。她们在地上用树枝画出线来。玛丽不太想玩这个游戏,她快八岁了,她认为这不是姑娘玩的游戏。可是劳拉一直劝她,还说如果她们在屋子外面玩的话,只要爸爸回来,就能立刻看见了。这样,玛丽才同意和她一起玩。

第二十一章 印第安人聚会

突然，玛丽停住向前的一只脚，说："什么声音啊？"

劳拉也听到了那种很奇怪的声音，她仔细听着，她说："这是印第安人的声音。"

玛丽站在那里不动，她被吓坏了。劳拉不怎么害怕，只觉得那声音听起来很怪。那是好多印第安人发出的声音，像是用斧头在砍东西，又有点儿像狗叫，有时候还像在唱一首歌，但劳拉从没听过这样的歌。那声音听上去很凶狠，但又没有一点儿愤怒。

劳拉想听得再清楚点儿，但山、树林和风挡着，始终听不清，杰克也在狂叫着。

妈妈出来听了听，就叫玛丽和劳拉进屋去。妈妈把杰克也拉进屋，又把门闩上。

她们不玩了。两个人望着窗外，听着外面传来的声音，却听不清，有时甚至都听不见。那声音断断续续的，却没停止过。

妈妈和劳拉早早地做完家务活。她们把小兔儿马、母牛和小牛犊关在马厩里，把牛奶提进屋里。妈妈把牛奶过滤好放在一边，又去井边打了一桶清水，玛丽和劳拉往屋里抱了些木柴。在这段时间里，那声音一直没停过，而且现在变得更大了，更快了，劳拉的心跳也变快了。

她们都跑进屋,妈妈把门关上。明天天亮以前,她们就不用再出去了。

太阳慢慢下山了,在草原的尽头呈现一片粉红色。昏暗的屋子里闪着微弱的火光,妈妈开始做晚饭了。玛丽和劳拉静静地望着窗外。窗外的景物慢慢模糊了,阴影笼罩着大地,天空也越来越暗。那种声音不断从低洼地里传来,越来越响,越来越快,劳拉的心都快跳出来了。

当听到马车的声音时,她惊喜地叫了起来。她赶快朝门口跑去,但门打不开。妈妈不让劳拉出去。她自己出去,帮着爸爸把一包包的东西拿进屋里来。

爸爸拿着一堆东西走进屋,玛丽和劳拉拽着他的袖子,扑到他身上。爸爸大笑起来,"嘿!嘿!你们以为我是什么?是一棵可以爬的树吗?"

他把东西放在桌上,紧紧抱住劳拉,把她抛向空中,又紧紧抱住她。然后,他又紧紧抱住玛丽。

"爸爸,你听。"劳拉说,"你听印第安人的声音,他们为什么一直发这种声音呢?"

"哦,他们在举行一场大聚会。"爸爸说,"我从低洼地路过的时候听见了。"

随后爸爸出去把马解下来,把其他的东西抱进屋里。他把买来的犁放到马厩里,但为了安全,他把种子放进屋

第二十一章 印第安人聚会

里。他还买了糖,这次是红糖,白糖太贵了。他还买了点儿白面、玉米面、盐、咖啡和其他一些东西。更让人惊喜的是,爸爸还买了马铃薯,劳拉很想吃,但这些是用来做种子的。

这时,爸爸高兴地打开小纸袋,里面装着饼干。他把纸袋放在桌子上,然后打开另一个纸袋,拿出一瓶腌好的绿色黄瓜,放在饼干旁边。

"我想我们能好好享受享受了。"爸爸说。

劳拉开始流口水了。妈妈温柔地看看爸爸。原来爸爸记得妈妈多想吃泡菜啊。

还有别的呢,爸爸拿给妈妈一包东西,看着妈妈打开。那是够做一件衣服的印花布,很漂亮。

"哦,查尔斯,你不应该太破费!"妈妈说。可是她和爸爸脸上都洋溢着幸福的笑容。

爸爸把帽子和花格呢外套挂在木架上。他看看玛丽和劳拉,却没说什么,只是坐下来,把腿伸向炉火。

玛丽也坐下来,双手交叉着放在腿上。劳拉却爬到爸爸腿上,一边用小拳头打爸爸,一边说:"我的礼物呢?在哪儿呢?"

爸爸大笑起来,声音像钟声一样洪亮,然后说:"咦,我口袋里有什么东西呢?"

爸爸说着，掏出一个形状很怪的小包，慢慢地打开。

"玛丽，先给你。"爸爸说，"因为你很有耐心。"他给了玛丽一个发卡，然后对劳拉说："好啦，小淘气鬼，这是给你的。"

两个发卡一模一样，都是用黑色橡胶做的，弯弯的，戴在小女孩头上正好。发卡正中还有五颗镂空的小星星，下面有一根鲜艳的丝带，透过星星能看见鲜艳的丝带在闪烁。

玛丽发卡上的丝带是蓝色的，劳拉的是红色的。

妈妈给她们梳好头发，戴好发卡。玛丽的额头正中金色的头发间有一颗蓝色的星星，而劳拉的棕色头发上有一颗红色的星星在闪烁着。

妈妈说："查尔斯，你没给自己买礼物吗？"

"哦，我为自己买了犁。"爸爸说，"天气要暖和了，我要开始耕地了。"

那天的晚餐吃得非常高兴，因为爸爸平安回到家了。吃了好几个月的野鸭肉、野雁肉、火鸡肉和鹿肉，他们有些腻了。现在吃着腌猪肉，再尝点儿饼干和泡黄瓜，这也是一种享受啊。

爸爸和她们聊起买回来的种子，有萝卜、胡萝卜、洋葱、白菜的种子，也买了豌豆、大豆种子，还买了玉米、

第二十一章　印第安人聚会

小麦、烟草、西瓜和马铃薯的种子。他对妈妈说："卡罗琳，当我们在肥沃的土地上有收获的时候，我们的生活就像国王一样了。"

他们几乎忘记了印第安人那边传来的声音。木板遮住了窗户，风在烟囱上呼啸着，在房子周围回荡着。他们对风声已经听习惯了，当风稍稍停一下的时候，劳拉又听到了从印第安人营地传来的急促而狂野的声音。

然后，爸爸和妈妈开始聊天，劳拉坐直了身子，认真地听着。他说，独立镇上的人告诉他，政府要把白人垦荒者迁出印第安地区。因为印第安人一直在抱怨，最后得到了华盛顿政府的同意。

"哦，查尔斯，不行啊！"妈妈说，"我们已经花费了这么多心血啊。"

爸爸说他不相信镇上人说的话，他说："政府会让来这儿开垦的人留在这儿，让印第安人迁走的。我上次听政府的人说了，这里会随时向移民开放。"

"我希望政府把事定下来，咱先不说这个了。"妈妈说。

劳拉躺在床上，好久没睡着，玛丽也是。爸爸和妈妈坐在壁炉前，借着火光看报纸。那是爸爸从堪萨斯带回来的报纸。爸爸读给妈妈听，报纸证实了他的看法，政府是不会让白人垦荒者迁走的。

　　只要风一停,劳拉就能隐约听到印第安人营地那儿的声音。甚至在这呼呼的风中,也能听到他们凶狠的叫喊声。"嘿!嘿!哈哈!"这些叫喊声越来越快,让她的心跳也越来越快。

第二十二章　草原大火

那天，阳光突然消失了，原来是暴风雨要来了。爸爸扛着犁往回跑，帕蒂和佩特也跟着往回跑。草原着火了，爸爸妈妈赶紧采取措施。经过紧张的抢救，他们顺利躲过了这场大火，好险啊。

春天来了，温暖的风使人陶醉。户外的景色很开阔，明亮而美丽。朵朵白云浮在空中，褐色的云影印在草地上，草原的尽头呈现出苍白色。

爸爸把帕蒂和佩特套在犁上，开始耕地了。草原上的土里有大量草根。帕蒂和佩特使劲拖着犁，锋利的犁慢慢翻出一条沟来。

枯草又高又密，草根紧紧抓着土地。爸爸犁过的地并不像好地，长长的草根被翻了出来，枯草也从各处伸了出来。

不过爸爸跟帕蒂和佩特还在耕着。爸爸说，今年先种马铃薯和玉米，明年草根和枯草就会腐烂的，再过两三年，就能变成很好的地了。爸爸喜欢这片土地，因为它很肥沃，地里连一棵树、一根木桩和一块石头都没有。

这时，有很多印第安人沿着他们走的小路过来。到处都能看见印第安人。他们在河边树林里打猎，枪声在回响着。谁也不知道草原上有多少印第安人。草原看似很平坦，但其实高低起伏，没准儿什么时候就会突然冒出一个印第安人。

印第安人经常来他们的小屋。有的很友善，有的就粗鲁暴躁。他们是来要食物和烟草的。他们要什么，妈妈就赶紧给他们，不敢不给。不过，家里的大部分食物都藏了起来，有的还上了锁。

杰克的脾气很凶，甚至对劳拉也这样。它被链子拴着，整天趴在地上，它很恨印第安人。不过现在，劳拉和玛丽已经习惯看见印第安人了，她们觉得只要有爸爸和杰克在，就会很安全。

有一天，她们正帮妈妈做午饭，小琳琳在有阳光的地板上玩耍，但突然间阳光不见了。

第二十二章 草原大火

"暴风雨快来了。"妈妈边说边朝窗外望望。劳拉也向窗外望望,她看见南方的天空有一大片乌云正在翻腾,就快把太阳遮住了。

帕蒂和佩特从地里往回跑,爸爸扛着犁,在后面小跑着。

"草原着火了!"爸爸嚷着,"快把桶装满水,把麻袋浸在水里,快!"

妈妈跑到井边,劳拉快速把木桶拿到井边。爸爸把杰克拴在墙上,然后解开母牛和小牛犊,把它们关在马厩里。他又拉着小兔儿马,把它拴在北边的墙角。妈妈快速从井里往上提水,劳拉跑去接过爸爸从马厩里扔出的麻袋。

爸爸在屋边犁地,他吆喝着帕蒂和佩特快点儿跑。天色变暗了,就像太阳已经下山了。爸爸在小屋西边和南边分别犁出一条沟,又在东边犁出一条沟。一只只兔子在他身边跳着,就像没有看见爸爸似的。

帕蒂和佩特飞跑起来,爸爸拿着犁在后面跑。然后爸爸把它们拴在木屋北边的角落里。这时劳拉已经帮妈妈把麻袋浸在了水里。

"还有一条沟,"爸爸说,"卡罗琳,快点儿,火比马跑得快!"

179

Little House on the Prairie 草原上的小木屋

　　爸爸和妈妈提起木桶，一只野兔从桶旁窜了出来。妈妈让劳拉待在屋子里，然后爸爸妈妈抬着一桶水摇摇晃晃朝土沟边跑去。

　　劳拉待在屋子里，看见黑烟下的大火向这边蔓延着。受惊的野兔在屋子旁跳来跳去，它对杰克视而不见，杰克也没心思理它。看着这大火，杰克不停地叫着，还往劳拉身边靠。

　　风呼啸着，越来越大。在大火前，成千的鸟儿飞着，无数的兔子惊慌地跑着。

　　爸爸沿着土沟走，把沟对面的草点燃，妈妈跟在后

第二十二章 草原大火

面,用浸湿的麻袋把火扑灭。草原上,到处可以看见兔子在跳着,一条条蛇在游走着。松鸡伸长脖子,张开翅膀,无声地跑着。鸟儿在风中尖叫着。

爸爸把小屋周围的草都烧掉,妈妈再用湿麻袋扑灭这些火苗。火势很凶猛,甚至烧到了沟里的野草,他们赶紧用湿麻袋扑灭沟里的火,火一越过土沟,他们就赶紧用脚踩灭。就这样,他们在浓烟中来回跑着,与大火搏斗着。

草原上的大火怒吼着,夹杂着风,火势越来越大。火焰翻腾,冲向天空,又随风落到地上,点燃了前面的枯草。空中弥漫着浓烟,浓烟中有一道火光一闪而下。

玛丽和劳拉躲在墙角,身上有些发抖。小琳琳待在屋里。劳拉想帮忙,但脑子里很乱,就像大火在燃烧着一样。她身体在颤抖,眼睛被熏得直流眼泪。她的眼睛、鼻子和喉咙都被熏得很疼。

杰克狂叫着,小兔儿马、帕蒂和佩特都在扯着绳子,发出可怕的叫声。橘红色的火焰比马跑得还快,火光在飞舞着。

爸爸刚点着的小火把草地烧出了黑色的一圈。小火逆风向前烧着,慢慢与大火汇在一起,大火就吞没了小火。

风把火高高卷起,发出噼噼啪啪的声音,小屋的四周被大火包围了。

一会儿，大火过去了。火绕过房子，向前烧去。

爸爸妈妈扑打着留下的小火苗。等扑灭后，妈妈进屋洗脸洗手，她浑身都是黑烟和汗水，身子还有些发抖。

妈妈说没事了。"逆风救了咱们，"她说，"结果还算是好的。"

空气中都是烧焦的味道。放眼望去，草原上光秃秃的，黑乎乎的，只有一缕缕的黑烟升起，一切显得那么凄凉。但值得庆幸的是，大火没有给他们造成任何损失。

爸爸说，幸好这场大火绕过他们家，否则小屋就不保了。爸爸问妈妈："假如我到镇上去了，大火烧过来，你们该怎么办？"

"我们会和鸟、兔子跑到河边去。"妈妈说。

草原上的生物都知道该怎么逃生。它们赶快跑啊，跳啊，爬啊，尽快逃到水边去。只有地鼠选择钻进洞里，等火过去，它们钻出来，看着光秃秃的大草原。

随后，鸟儿从河边飞来，一只兔子也小心地跳出来张望。再过很久，蛇才爬出来，松鸡也出来了。

大火烧到悬崖那边就灭了，没有烧到河边和印第安人的营地。

那天晚上，爱德华先生和斯科特先生来看爸爸，他们都很担心，因为他们怀疑是印第安人放的火，目的是想赶

第二十二章 草原大火

走移民。

爸爸不相信是这样。他说，印第安人会经常放火烧草原，但那是想让青草长得快点儿，马走起来方便些。因为他们的矮马在高高的枯草里跑不起来。现在草都烧干净了，爸爸很高兴，因为这样耕地就容易多了。

就在他们聊天的时候，还能听到从印第安营地传来的敲鼓和呐喊声。劳拉像只小老鼠般安静地坐在门口，听着爸爸他们的谈话，也听着印第安营地那边的声音。星星点缀在夜空中，看上去很大，微风吹拂着劳拉的头发。

爱德华先生说，印第安营地的人太多了，他不喜欢这样。斯科特先生说，他不知道为什么那么多印第安人聚在一起，如果不是想做坏事，那又是为什么呢？

"印第安人没一个好人。"斯科特先生说。

爸爸并不这样认为。他觉得只要不去招惹他们，印第安人会和别人一样好相处。他们多次被迫迁到西部去，讨厌白人也是情有可原的。但印第安人应该理智地看清自己的处境。吉普森堡和道奇堡都有军队，爸爸相信印第安人是不会轻举妄动的。

"至于他们为什么大批地聚在这里，斯科特，我告诉你。"爸爸说，"他们在准备春季的猎牛活动。"

爸爸说，那里有好几个不和的印第安部族。通常他们会相互打斗，但一到春天，他们就会讲和，聚在一起猎牛。

"他们立誓要和平相处。"他说，"他们正想着猎牛，不会来对付我们的。他们聚在一起商量，一起吃喝，等时机一到，他们就去追踪野牛。野牛也会很快朝北迁移，去追逐青草。啊，我也想参加这样的狩猎啊，那场面肯定很壮观。"

"嗯，你说的可能是对的，查尔斯。"斯科特先生慢慢说，"不管怎样，我会把你所说的告诉我太太，她总忘不了明尼苏达州的那次大屠杀。"

第二十三章 印第安人的战斗呐喊

第二天一早,爸爸出门耕地去了。周围的印第安人越来越多,原来他们要举行猎牛大会,叫喊声一次比一次响。一家人早已睡不着觉了,直到印第安人往南走去。

第二天一早,爸爸就吹着口哨耕地去了。中午回来时,他身上沾满了黑灰,但他很高兴,因为没有高高的野草妨碍他干活了。

但印第安人总让他们感到不安。河岸上的印第安人越来越多。玛丽和劳拉每天都能看到他们的营地升起的炊烟,晚上还能听见他们的吼叫声。

爸爸早早地回来了,他干完家务活,把帕蒂、佩特、小兔儿马、母牛、牛犊关进马厩里。月光下,夜晚很凄凉,它们不能在外面吃草。

当草原上聚集了黑影,风渐渐停息时,从印第安营地传来的声音越来越大,而且越来越狂野。爸爸把杰克拉进屋里,关上门,插好门闩。天亮前,谁也不能出去。

夜色悄悄袭来,黑暗让人恐惧。印第安人的叫声很响。有一天晚上,他们还敲起了鼓,鼓声震着大地。

睡梦中,劳拉听到这叫嚷声和鼓声感到很害怕。她还听到杰克用爪子抓地板的声音和它低沉的吼叫。有时,爸爸也会坐起来,听着外面的动静。

一天晚上,爸爸从床下的盒子里拿出做子弹的模子。他在炉子前坐了很久,把铅融化后做成子弹,直到所有的铅用完才停手。

玛丽和劳拉躺在床上,仔细看着爸爸。在她们的印象里,爸爸没造过这么多子弹。玛丽不解地问:"爸爸,为什么做这么多啊?"

"哦,现在没事干啊。"爸爸边说边吹起口哨。可是爸爸一整天都在耕地,回到家都懒得拉小提琴了。要是平时,他肯定早去睡觉了,而不是整晚坐在那儿造子弹。

印第安人没有再来小屋。好几天,玛丽和劳拉都没见到印第安人。玛丽不想出去玩,劳拉只好自己在外面玩,但她总感觉草原怪怪的,有一种不安全感,好像有什么东西藏在草原里。有时候劳拉觉得身后有什么东西在偷看自己,但当她转过头时,却什么都没有。

斯科特先生和爱德华先生拿着枪来找爸爸,他们在地里谈了一会儿,然后就一起走了。爱德华先生没到小屋来坐坐,劳拉很失望。

吃午饭时,爸爸对妈妈说,有些移民正商量做围栏。劳拉不知道围栏是什么。爸爸告诉爱德华先生和斯科特先生,那是一个很蠢的做法。他对妈妈说:"如果真要建围栏,那就表示我们害怕他们,我不愿意这么干。"

玛丽和劳拉互相看看,没有问什么,因为小孩子吃饭的时候不能讲话。

那天下午,劳拉问妈妈什么是围栏。妈妈说,那是某种会让小孩子问个不停的东西。妈妈的意思就是不想让她知道。玛丽看了劳拉一眼,似乎在说"早就告诉你,问了也是白问"。

杰克对劳拉的态度也不那么好了,它不再笑了。即使劳拉轻轻地抚摸它,它也竖起耳朵,身上的毛也竖起来,龇着牙。每天夜里,杰克总是不停地叫着。印第安人的声音一天比一天大,愈来愈疯狂。

到了半夜,劳拉突然坐起来,尖叫了一声,原来是一种可怕的声音吓到她了,她浑身都在哆嗦。

妈妈急忙跑过去,轻声说:"别叫,劳拉,别吓着小琳琳。"

劳拉紧紧抱住妈妈,妈妈还没上床睡觉。月光从窗户照进来,木窗还开着,爸爸站在窗户边向外看,他手里拿着枪。

茫茫夜色中,鼓声很响,印第安人在疯狂地呐喊着。

没过多久,那可怕的声音再次传来,劳拉觉得自己在往下沉,她抓不住任何东西。过了很久,她才能看见,能说话。

她尖叫着:"那是什么,那是什么,爸爸?"

劳拉浑身发抖,就像生病了。她听见鼓声和叫喊声,她要妈妈紧紧抱住她,这样才感觉安全。爸爸对她说:"那是印第安斗士的呐喊声,劳拉。"

妈妈轻轻"嗯"了一声,不让爸爸说。但爸爸说:"卡罗琳,让她们知道也好。"

他对劳拉说,那是印第安人在宣战。他们只是在商量,还在围着火跳舞。他叫玛丽和劳拉别害怕,有爸爸在身边,杰克也在,还有吉普森堡和道奇堡的军队守着呢。

"所以,玛丽、劳拉,别害怕。"爸爸又说。

劳拉哆哆嗦嗦地说:"爸爸,我不害怕。"但其实

第二十三章 印第安人的战斗呐喊

她很害怕。玛丽什么也没说,只是藏在被子里。这时,小琳琳哭了。妈妈抱着她坐在摇椅里,轻轻摇着。劳拉爬下床,来到妈妈身边。爸爸站在窗前,注视着外面的一切。

从来没有一场噩梦像这天晚上这么让人恐惧,但噩梦只是梦,梦到最可怕的时候就会醒来。但现在发生的一切却是真的,劳拉无法逃避。

宣战的喊声终于停了,劳拉知道事情还没有结束。她在黑暗的屋子里,紧紧靠着妈妈,妈妈也在发抖。杰克低吼着,小琳琳又哭闹起来。爸爸擦擦额头上的汗,说:"我从没听到过这样的叫喊声。"他问大家:"你们知道他们怎么学会这一套的吗?"没人做出回答。

"他们不需要枪,就可以把人吓死了。"爸爸说,"我好渴,都不能吹口哨了,劳拉,快给我点儿水。"

听到爸爸说话,劳拉感觉好些了。她给爸爸舀了一勺水,爸爸接过水,冲劳拉笑了笑,这让劳拉感觉更好了。爸爸喝完水,笑着说:"好了,现在我又能吹口哨了。"

说着,爸爸吹了几声,证明他好了。

然后他又仔细听着,劳拉也仔细听着。他们听见远处的马蹄声越来越近。

这时,木屋的一侧传来击鼓声和喧闹声,屋子的另一侧传来骑马人疾驰的声音。

马蹄声越来越近,也更加响亮,却突然绕过木屋,声音渐渐远去。

借着月光,劳拉看见一个印第安人骑着矮马的身影。她看到那个人身上披着一条毯子,头顶上的羽毛在动,枪反着光,然后就消失了。草原上空空的,什么也没有了。

爸爸说,他不知道这是怎么回事,那个印第安人就是上次和他讲法语的奥色奇人。

爸爸自言自语:"这么晚了,他骑着马去干什么呢?"

没人回答,也没人知道。

鼓声又响了,印第安人继续狂叫着,可怕的呐喊声再次传来。

过了很久,声音才逐渐变弱。小琳琳哭累了,也就睡着了。妈妈叫玛丽和劳拉也上床去睡觉。

第二天,他们不敢出门。爸爸守在她们身边。印第安人的营地上没有声音,整个草原都很静,只有风吹着焦黑的泥土,再也没有风吹草丛的沙沙声了。风吹过小屋的声音,就像流水的哗哗声。

这天晚上,印第安人营地里的叫喊声比前天晚上更厉害了,听起来比噩梦还可怕。玛丽和劳拉紧紧靠着妈妈,小琳琳吓得直哭。爸爸拿着枪站在窗前,杰克不停地走来走

第二十三章　印第安人的战斗呐喊

去,还低声叫着,只要那边的叫喊声传来,它就跟着叫。

一个接一个的晚上过去了,情况一天天地变糟。玛丽和劳拉太累了,她们在这叫喊声中也能睡着了。但只要印第安人发出宣战的叫喊声,她们就会立刻从梦中惊醒。

安静的白天比夜晚更加难熬。爸爸聚精会神地看着外面,倾听着外面的一切。爸爸把犁扔在了地里,帕蒂、佩特、小马驹、母牛和小牛犊都在马厩里,玛丽和劳拉待在小屋里。爸爸不停地走来走去,只要草原上有一点儿动静,他就赶快转过头看看。他几乎没好好吃过一顿午饭,因为他总是来回地走,观察着周围的一切。

有一天,爸爸累得在餐桌上睡着了。妈妈、玛丽和劳拉都保持安静,让他好好睡一会儿。爸爸真是太累了。没过一会儿,爸爸就从梦中惊醒了,严厉地对妈妈说:"别再让我睡着了!"

"有杰克在呢。"妈妈温柔地说。

那一晚的情况最糟糕。鼓声更急促,叫喊声也更响,整个河岸回荡着宣战的叫喊声,气势很强大。劳拉浑身都疼,那种疼深入骨髓。

爸爸对妈妈说:"卡罗琳,他们之间发生了争吵,也许会相互打起来了。"

"哦,查尔斯,我希望他们打起来。"妈妈说。

191

整整一夜没有安宁。天亮前，呐喊声才结束。劳拉靠在妈妈的膝盖上睡着了。

当她醒来时发现自己在床上，玛丽在她身边。门开着，阳光照在地板上，劳拉知道快中午了。妈妈在做午饭，爸爸坐在门口。

爸爸对妈妈说："印第安人有另一场聚会，他们往南走了。"

劳拉穿着睡衣站在门口，看见远处有一队印第安人，他们正往南走。远远看去，他们待在马背上显得很小，就像一些蚂蚁。

爸爸说，在这之前已经有两队人走了。现在这队人往南走，说明他们内部发生了争吵，他们全从溪边洼地里撤走了，看来是不会在一起举行猎牛大会了。

夜色悄悄降临，除了沙沙的风声，再没有其他的响声。

"今晚咱们可以好好睡一觉了。"爸爸说。他们睡得确实很好，都没有做梦。早晨醒来时，劳拉看到杰克乖乖睡在地板上，睡得很香。

第二天夜里也很平静，他们睡得也很好。早晨起来后，爸爸觉得自己精神好极了，他要到河边走走，去看看情况。

第二十三章 印第安人的战斗呐喊

他把杰克拴在屋角的铁环上,拿着枪,朝河边走去。

劳拉、玛丽和妈妈在爸爸回来前没有心思做事,都静静地等着爸爸。她们待在屋子里,盼着爸爸平安回来。阳光照在地板上,光线移动得非常慢。

爸爸直到下午才回家。一切都好。他沿着河边走了很远,看到了很多印第安人留下的营地,他们都撤离了,除了一群奥色奇人。

爸爸在森林里遇见一个能与他交流的奥色奇人。他告诉爸爸,除了奥色奇人,其他的印第安人都想杀死进入印第安地区的白人。正在他们准备行动的时候,一位印第安人骑着马冲了进来。

那位印第安人从很远的地方赶回来,因为他不赞成印第安人杀死白人。他是个奥色奇人,人们给他取了一个名字,那名字的意思是"伟大的战士"。

"苏答杜前。"爸爸说这是他的名字。

"他白天晚上都在与印第安人争辩。"爸爸说,"直到所有奥色奇人都同意他的意见。然后他对所有人说,如果有人想杀白人,那么奥色奇人就先对他们开战。"

这就是最后那个可怕的夜晚吵得那么激烈的原因。其他的印第安人对奥色奇人大声叫着,奥色奇人也冲他们叫着。最后,其他印第安人不敢和苏答杜前作对,第二天,

193

他们就离开了。

"真是个很好的印第安人啊！"爸爸说。不管斯科特先生怎么说，爸爸不会相信印第安人里没有好人的说法。

第二十四章　印第安人走了

　　周围的一切很安静，一家人舒服地睡了一觉。清晨，他们站在门口看着印第安人的队伍向南前行着，认真观察着印第安人的一举一动、队伍中的一点一滴。

　　大家舒服地睡了一觉，周围的一切很安静。只有猫头鹰在树林里"呼——呼——"地叫着，无边的大草原上，一轮明月正高挂天际。

　　清晨，太阳暖着大地。河边一只只青蛙呱呱地叫着，似乎在说："这儿水深！最好绕道走。"

　　自从妈妈告诉玛丽和劳拉青蛙说的话后，她们就能听懂青蛙说的话了。

门开着,暖暖的春风吹进屋里。吃完早饭,爸爸高兴地吹着口哨出去了。他把帕蒂和佩特套到犁上,开始耕地了。突然,他的口哨停了,他站在门前,向东望望,说:"快来,卡罗琳,玛丽、劳拉,你们也快来。"

劳拉先跑了出去,她很吃惊,印第安人骑着马来了。他们不是从河边来的,而是从东边很远的洼地来的。

领头的是那个在月光下经过他们家的高个子印第安人。杰克不停地叫着,劳拉的心也快速跳着,幸好爸爸站在身边。不过她知道这是个很好的印第安人,他就是制止了可怕战斗的奥色奇人首领。他的黑色矮马小跑着过来了,风吹起了马的尾巴。马的鼻子和头上没有束缚,也没有马鞍,甚至身上都没有皮带。它自由地跑着,就像它喜欢让主人骑。

杰克凶狠地叫着,想挣脱拴它的铁链,去报复这个曾经用枪指着它的人。爸爸说:"安静,杰克!"可杰克又叫了,爸爸不得不第一次打了杰克,说:"躺下,杰克!"这样杰克才安静下来。

黑马跑了过来,劳拉的心跳也加快了。她看着印第安人穿着带有彩色珠子的鹿皮鞋,身上披着一条鲜艳的毯子,赤裸着棕红色的手臂,手里拿着一杆枪,横放在马肩上。劳拉又看到,那个印第安人棕红色的脸庞显得又狠又

第二十四章 印第安人走了

平静。

这张脸沉着,还带有一些骄傲。不管发生什么事,他总是这副表情,任何事情也改变不了。这张脸上,只有两只眼睛闪着光芒,有神地看着前方。他坐在黑马上,头顶的一束头发上插着老鹰羽毛,羽毛随风而动。

"他就是苏答杜前。"爸爸小声说,并举手向他致敬。

不过,那黑马和那个印第安人径直过去了,似乎在经过小屋时,就没看见这座木屋、马厩、爸爸、妈妈、玛丽和劳拉。

爸爸、妈妈、玛丽和劳拉慢慢转过头,望着印第安人挺直的背影。接着,其他印第安人一个接一个地跟在他后面,他们的马尾随风飘扬,珠子也在闪闪发光,头上的羽毛也随风晃动着,小马上横放的枪逐个排开。

劳拉看到这些小马很激动,有黑的、枣红色的、灰的、棕的,还有带斑点的小马,它们整齐地顺着路走着。它们看见杰克,就张大鼻孔,躲开它,不过还是勇敢向前行,用发亮的眼睛看着杰克。

"哇,好漂亮的小马!看,多漂亮啊!"劳拉叫着,"看那带花斑的马!"

她想,看着这些马向她奔来,真是看不够啊!过了会儿，她还看见马背上的妇女和小孩，他们跟在印第安男人后面。赤裸身体的小孩并不比玛丽和劳拉大多少，他们都骑在小马上。小马没有马鞍，小孩也不用穿衣服。他们的皮肤自由地呼吸着新鲜空气，享受着阳光。他们的长发随风飘扬，黑色的眼睛闪着快乐的光芒。他们像大人一样挺直腰板坐在马背上。

　　劳拉一直看着印第安小孩，他们也看她。她产生了一个天真的愿望：她想做一个印第安小孩。当然并不是想真正成为印第安小孩，她只是想裸露身子，在风中、在阳光下玩耍。

　　印第安小孩的妈妈也骑着小马，裹在腿上的穗子摇晃着，身上裹着毯子。她们头上只有乌黑的长发，没插羽

第二十四章 印第安人走了

饰。她们的脸是棕红色的,有些人背着狭长的包裹,婴儿从包袱口露出来,还有的把婴儿放在一只篮子里,挂在马背一侧。

婴儿看着劳拉,劳拉也凝视着婴儿,劳拉很想抱个婴儿回家。

"爸爸,"她说,"我想要那个印第安小孩!"

"嘘,劳拉。"爸爸严厉地说。

婴儿从她身边经过,没想到他转过头,眼睛和劳拉一直对视着。

"哦,我想要他,我要他!"劳拉恳求着。婴儿越来越远,他还一直回头看着劳拉。"他想和我在一起!"劳拉央求着,"求您了,爸爸!"

"嘘,劳拉,"爸爸说,"印第安妈妈舍不得孩子。"

"哦,爸爸!"劳拉央求着,忍不住哭了起来。尽管她知道哭很丢脸,但她就是控制不住自己。那印第安婴儿走远了,她知道再也看不见他了。

妈妈说她没见过这种事。"真羞,劳拉。"妈妈说。可劳拉还在哭。"你为什么想要那个印第安小孩呢?"妈妈问。

"他的眼睛很黑。"劳拉抽泣着。其实劳拉也不知道为什么。

199

"为什么还要别的婴儿呢？我们有小琳琳啊。"妈妈说。

"可我还想再要一个啊。"劳拉哭得更响了。

"好了，别说了。"妈妈说。

"去看印第安人吧，劳拉。"爸爸说，"向西看，向东看，看看还有什么。"

开始，劳拉什么也看不到，因为她眼里只有泪水，喉咙也哽咽着。但她还是听了爸爸的话。过了一会儿，她的心情平静了很多。她看看西边，看看东边，全是印第安人，他们的队伍很长，望不到尽头。

"印第安人多得有点儿可怕。"爸爸说。

越来越多的人从小屋前经过，小琳琳看累了，自己在地上玩耍着。劳拉坐在台阶上，爸爸坐在她旁边，妈妈和玛丽站在门前。他们好奇地看着这一切。

该吃午饭了，却没人想到要吃饭。印第安人还是陆续从小屋前经过，马上还驮着一捆捆兽皮、帐篷杆、篮子和锅碗瓢盆。终于，最后一匹马过去了。但爸爸、妈妈、玛丽和劳拉还在门口看着，直到印第安人的队伍消失在西边的尽头，整个草原又显得很空旷，很静寂。

妈妈说她什么都不想做，因为她实在没有精神。爸爸安慰她去好好休息，别做事了。

第二十四章 印第安人走了

"你得吃点儿东西,查尔斯。"妈妈说。

"不。"爸爸说,"我不饿。"爸爸给帕蒂和佩特套好犁,又开始耕地了。

劳拉也没胃口。她在台阶上坐了很久,看着空旷的西边,她眼前似乎还浮现着飘扬的羽毛和黑色的眼睛,还能听见马蹄响。

第二十五章　军队要来了

　　印第安人走后，草原上很安静，爸爸和妈妈忙着耕种。但这种平静被军队要赶走他们的消息打破了，爸爸先是很愤怒，但后来一家人决定搬去独立镇，于是开始收拾所有的东西。

　　印第安人离开后，草原上很安静。一天早晨，整片草原都绿了。

　　"草是什么时候长出来的？"妈妈惊奇地说，"我以为土地还都是黑黑的，结果现在都是绿草了。"

　　天空中，一群野鸭和大雁正往北飞，乌鸦在河岸上呱呱叫着。风在新长的草丛间低语着，还带着阵阵清香和泥土的气息。

第二十五章 军队要来了

清晨,云雀飞入云霄。一整天,麻雀、水鸟在溪边的洼地里叽叽喳喳叫着,不知疲倦地唱着。到了傍晚,模仿鸟也唱起了歌。

一天晚上,爸爸和玛丽、劳拉静静地坐在门前的台阶上,看小兔子在星光下嬉闹。还有三只兔妈妈幸福地看着兔宝宝玩耍。

白天,大家都很忙。爸爸忙着耕地,玛丽和劳拉帮妈妈种菜。妈妈用锄头在翻过的地上挖出一个个小坑,劳拉和玛丽小心地把种子放进坑里,然后妈妈用土把种子盖好。他们种了洋葱、胡萝卜、豌豆、青豆和萝卜。大家都很高兴,因为春天来了,不久就会有新鲜的蔬菜吃了,只吃面包和肉的日子就快过去了。

一天傍晚,爸爸早早从地里回来,帮妈妈移栽卷心菜和番薯。妈妈前几天把卷心菜种子撒在平底箱里,并且把平底箱放进屋子里,每天都细心地浇水。每天上午,妈妈都会把箱子移到窗口,让箱子里的种子享受阳光。还有一个圣诞节没吃的番薯,妈妈把它也种在了箱子里。卷心菜的种子已经长出小苗了,番薯也从每个芽里长出了绿叶。

爸爸和妈妈小心地挖出幼苗,再把它们轻轻移到小洞里。他们先在根上浇点儿水,然后用土压紧。忙完后,天已经黑了,爸爸和妈妈都累坏了,但他们很开心,因为今

Little House on the Prairie 草原上的小木屋

年就能吃到卷心菜和番薯了。

他们每天都来菜园。草原的土有些硬，草也很多，但小苗都成长着。豌豆苗长出了皱巴巴的叶子，洋葱也长出了叶子。青豆苗长出了黄色的小茎，随后青豆就裂开，突出两片小豆叶，冲着阳光伸展着。

"我们很快就能像国王一样生活了。"

每天早晨，爸爸都吹着口哨下地干活。他种了一些马铃薯，还留了一些晚点儿再种。现在，他把玉米放在腰间，边耕地边把玉米撒到土沟里，然后再把一些土翻盖

第二十五章 军队要来了

在种子上面。当玉米苗从草根中钻出来时,他们就有一片玉米田了。

等到那时候,他们晚餐就有玉米吃了。第二年冬天,帕蒂和佩特也能吃到玉米粒了。

一天早晨,玛丽和劳拉在洗碗,妈妈在整理床铺。妈妈哼着歌,劳拉和玛丽谈论着菜园。劳拉最喜欢吃豌豆,玛丽最喜欢吃蚕豆。突然,她们听到爸爸大声地说着什么,好像很愤怒。

妈妈急忙走到门口,劳拉和玛丽也站在门口往外看着。

爸爸正把帕蒂和佩特从地里赶出来,斯科特先生、爱德华先生和爸爸一起走着,斯科特先生在激烈地说着什么。

"不,斯科特!"爸爸说,"我不会待在这里,像犯人一样被士兵带走。要不是华盛顿那些政客放出话来,说在这儿定居是合法的,我也不会走过印第安领地三英里。不过我们不会等着士兵来赶我们,我们现在就走!"

"怎么了,查尔斯,我们要去哪儿?"妈妈问。

"鬼才知道!我们一定要离开这儿。"爸爸说,"斯科特和爱德华说,政府要派军队把我们赶出印第安领地。"

爸爸的脸涨得通红,眼睛里冒着蓝色的火焰。劳拉吓坏了,她没见到过爸爸这么生气。她紧紧靠着妈妈,看着爸爸。

斯科特先生正要说话,被爸爸打断了:"省点儿力气吧,斯科特。现在说什么也没用了,你要愿意留下,那你就等着军队来吧,我现在就得走。"

爱德华先生说也要走,他不想等着别人来赶他。

"和我们一起去独立镇吧,爱德华。"爸爸说。但爱德华先生不想往北走,他想造条船,顺着河去南边的某个地方定居。

"你最好和我们一起走,一起穿过密苏里。"爸爸说,"你一个人驾着船,顺着到处是印第安部落的弗底格里斯河走,太危险了!"

但爱德华先生说他看见过密苏里,而且他有很多很多火药和枪弹,可以应付的。

然后,爸爸要斯科特先生牵走母牛和小牛犊。"我们没法带着它们。"爸爸说,"你是我们的好邻居,斯科特,我舍不得离开你,但明天一早我们就离开了。"

他们说的话劳拉都听到了,但她不敢相信。直到她看着斯科特先生牵着母牛和小牛离开时,才觉得这都是真的。母牛的长角上拴着一根长绳子,乖乖地被牵走了,小牛犊蹦蹦跳跳地跟在后面。它们一走,就没有牛奶和奶油吃了。

第二十五章 军队要来了

爱德华先生说,他会有很多事情要做,就不来看他们了。他和爸爸握手说:"再见,查尔斯,祝你好运。"他和妈妈握手说:"再见,夫人,我怕再也见不到你们了,但我会永远记得你们的友好与热情。"

然后爱德华先生和玛丽、劳拉握手,说着"再见"。

玛丽礼貌地说:"再见,爱德华先生。"可劳拉忘了礼貌,她说:"啊,爱德华先生,我不希望你走,啊,爱德华先生,谢谢你去镇上给我们找圣诞老人。"

爱德华先生的眼睛放着光,然后他默默地转身离开了。

爸爸解下帕蒂和佩特身上的缰绳,玛丽和劳拉相信这一切是真的了,他们要离开这片草原了。妈妈默默走进小屋,环顾四周,看看还没洗好的餐具,又看看还没整理好的床铺,她无奈地举起手,坐了下来。

玛丽和劳拉继续洗盘子,不发出一点儿响声,爸爸一进门,她们就立刻转过头去看。

爸爸看上去似乎和平常一样,他手里提着一袋马铃薯。

"这个给你,卡罗琳!"爸爸说,声音很自然,"做一顿丰盛的午餐吧!我们一直不舍得吃,把它留着当种子,现在就把它们吃光吧!"

这样,他们把马铃薯全吃了。马铃薯很好吃,劳拉明白爸爸的话了——"有失必有得"。

吃完饭,爸爸从马厩里找出篷架,把它们放在车上。等所有的篷架固定好后,爸爸和妈妈就把车篷铺在上面,紧紧系好。然后,爸爸拉紧篷车后的一根绳子,只留了车后的一个小圆洞。

当晚,大家都很安静,连杰克也感觉到发生了什么事情,劳拉睡觉时,它紧紧地靠在劳拉身边。

现在天气暖和了,不用生火了,但爸爸妈妈还是坐在壁炉前,望着炉里的灰发呆。

妈妈轻轻叹口气:"一年已经过去了,查尔斯。"爸爸愉快地说:"一年没什么,我们还有很多时间呢。"

第二十六章　离开大草原

　　收拾好所有东西后,他们出发了,回头遥望小木屋,尽管还有些许不舍,但还是赶着马车离开了。路上,他们还遇到了马车坏了的两个人,聊了一会儿后又继续赶路。生活似乎回到了从前,夜晚,一家人坐在一起,听爸爸和妈妈轻声唱着歌。

　　第二天,吃完早饭后,爸爸和妈妈就把行李搬上了车。他们先把所有的被褥做成两张床,一张放在车厢后部,再铺上漂亮舒适的方格毯子。白天,玛丽、劳拉和小琳琳就能坐在上面玩了。等到晚上,把上面的床搬到车厢下面,爸爸妈妈睡在上面。玛丽和劳拉就睡在下面的床上。

接着，爸爸从墙上取下碗橱，妈妈把食物和餐具包好放进去。爸爸把碗橱放在马车前座下面，又放了一袋马的粮食。

"这样，我们的脚就有地方放了，卡罗琳。"爸爸说。

妈妈用毛毯做了两个袋子，把所有衣服放了进去。爸爸把这两个袋子放在篷架上，爸爸的枪也挂在架子上，枪套下挂着子弹盒和火药筒。他把小提琴放在琴盒里，并且放在床头，就怕会碰坏它。

妈妈把三脚烤锅、烤炉和咖啡壶用袋子包好，放进篷车里。爸爸把摇椅和浴盆绑在车厢外，把水桶和喂马的木桶挂在车厢下，又把锡灯笼挂在车厢前面的角落里，这样玉米袋就能支撑着它。

东西都装好了，他们唯一带不走的就是犁。这也没有办法，等他们到了新地方，爸爸就多猎些毛皮，去换一个新犁。

劳拉和玛丽爬上车，坐在后面的床上。妈妈把小琳琳放在她们中间。然后，爸爸把帕蒂和佩特套上车，妈妈坐在座位上，抓住缰绳。劳拉很想再看看小屋，于是爸爸把车篷后的绳子松开一些，这样就有一个小洞了。

小屋还和以前一样，似乎并不知道他们要离开了。爸爸在门口站了会儿，向屋子四周看看，又看看玻璃窗，然

第二十六章 离开大草原

后轻轻关上门,把门闩上的绳子留在外面。

"也许会有人来,能让他们歇歇脚。"爸爸说。

爸爸爬上车,接过妈妈手中的缰绳,吆喝帕蒂和佩特向前走。

杰克跟在马车后面,佩特对小兔儿马叫了几声,小兔儿马来到它身边,这样,他们就出发了。

在马车要走近河边低地时,爸爸让马停下,他们都回头看看。

向远处望去,能看到无尽的大草原,四处很安静。青草在风中摇摆着,白云在蓝天中飘荡着。

"这里好美,卡罗琳。"爸爸说,"只可惜这里要沦为印第安人和狼群聚居的地方了。"

小木屋和马厩孤零零地待在大草原上。

帕蒂和佩特又向前走着。马车经过悬崖边的树林时,一只模仿鸟正在歌唱。

"我没听到过模仿鸟这么早就叫。"妈妈说。爸爸温柔地说:"它在向我们说再见呢。"

他们一直走到小河边,河水很浅,很容易过去。他们渡过小河,河边一只只长角鹿望着他们,一只母鹿带着几只小鹿躲进了树荫里。马车穿过红土崖,再次进入大草原。

Little House on the Prairie 草原上的小木屋

帕蒂和佩特心急地向前走着。它们的蹄子发出闷闷的响声,当走在大草原上时,它们的啼声很响亮。风迎面吹着车的架子。

爸爸和妈妈静静地坐着,玛丽和劳拉也很安静。但是,劳拉显得很兴奋,因为她在篷车里,永远不知道接下来会发生什么。

到了中午,爸爸把马车停在泉水旁,让马吃点儿东西,喝点儿水,休息一会儿。这股泉水到了夏天就会干涸,但现在水量很充沛。

妈妈从食品箱里拿出玉米饼和肉,他们坐在干净的草地上吃着午餐,喝着旁边的泉水。劳拉在草原上四处跑着,采着各种野花。妈妈收好食品箱,爸爸把帕蒂和佩特套上马车。

他们继续在草原上走着,眼前是摇摆的青草、天空和无尽的车辙,再也没有别的什么了。不时有一只兔子跳出来,有时候会有松鸡妈妈带着小鸡跑进草丛中。小琳琳睡着了,玛丽和劳拉也快睡着了,突然,她们听到爸爸说:"那边有点儿不太对劲。"

劳拉跳起来,她看见草原远处有一个浅色的小包,但她看不出有什么不一样的。

"哪儿啊?"她问爸爸。

第二十六章　离开大草原

"就那边。"爸爸说，朝那边点点头，"它现在不动了。"

劳拉没再说话。她专注地看着，原来那个小包是个篷车。他们渐渐靠近，篷车也越来越大，他们看到是马车，但是没有马。突然，她看见车前有个黑乎乎的东西。

原来，那是两个人，一个男人和一个女人。他们低头看着自己的脚，当帕蒂和佩特在他们面前停下时，他们才抬起头来。

"怎么了？你们的马呢？"爸爸问。

"我不知道。"那男的说，"昨天晚上我把它们套在车上，但今天早上发现不见了。一定是晚上有人剪断绳子，把马偷走了。"

"你们的狗呢？"爸爸说。

"我们没有狗。"那男的说。

杰克在篷车下待着，它没叫，也没出来。它很聪明，知道碰见陌生人该怎么办。

"哦，你们的马丢了。"爸爸说，"它们回不来了，偷马贼真该死。"

"是啊。"那个男人说。

爸爸看看妈妈，妈妈点点头，然后爸爸说："跟我们一起去镇上吧。"

213

"不了,"那个男人说,"我们的东西都在车上,我们不能扔下。"

"哦,老兄,那你怎么办呢?"爸爸说,"可能好长时间都没人来这儿的,你们不能一直留在这儿啊。"

"我不知道。"那个男人说。

"我们要和马车在一起。"那个女人说,她低头看看放在膝盖上的手。劳拉没看到她的脸,只看见遮阳帽的帽檐。

"最好还是走吧。"爸爸说,"你们可以再回来拿啊。"

"不。"那个女人说。

他们不愿意离开马车,爸爸只好驾车离开了。

爸爸自语着:"新手!所有的东西在车上,还没有狗看着。自己不小心看着,还用绳子拴马。"爸爸又哼了一声,说:"他们真不该来这边闯。"

"查尔斯,他们最后会怎样呢?"妈妈问。

"镇上有军队。"爸爸说,"我可以告诉队长,他会派人来接他们的,希望他们能熬到那时候。幸好他们遇到了我们,否则不知道会被谁发现呢。"

劳拉一直望着那孤零零的马车,看着马车变成一小团,再变成小黑点,最后看不见了。

那天下午,爸爸赶着马车前进,他们没再看见其他人。

第二十六章　离开大草原

日落的时候，爸爸把马车停在井边。这里曾经有一座小屋，但已经被烧了。井里盛着干净的水，劳拉和玛丽捡了一些残木块生火。爸爸把马解下来让它们喝水，又把篷车座位卸下来，把食物箱拿下来。火烧得很旺，妈妈很快就做好了晚饭。

现在似乎和以前一样了。爸爸和妈妈抱着小琳琳坐在篷车座位上，玛丽和劳拉坐在辕杆上。他们吃了很好的晚餐，帕蒂、佩特和小兔儿马也吃着美味的青草。劳拉给杰克留了些吃的，让它也饱餐了一顿。

太阳落山了，到扎营的时候了。

爸爸把帕蒂和佩特牵到篷车后面拴在饲料槽旁边，把小兔儿马套在旁边。爸爸在营火边抽起了烟，妈妈帮玛丽和劳拉盖好被子，又把小琳琳放在她们旁边。

妈妈挨着爸爸坐下，爸爸取出小提琴，开始拉曲子。

"哦，苏珊娜，别为我哭泣……"爸爸边弹琴，边唱：

　　我去加利福尼亚，
　　把水盆放在膝上，
　　每当想家时，
　　我就希望离开家的不是我。

"知道吗,卡罗琳?"爸爸停下来说,"我一直在想,那些兔子在尽情吃着我们小屋边上的蔬菜呢,它们多快活啊。"

"别说了,查尔斯。"妈妈说。

"没关系,卡罗琳。"爸爸说,"我们会有更大的菜园子,不管怎样,我们收获的比付出的多。"

"我不知道。"妈妈说。

"怎么不知道呢,我们多了匹小马啊。"爸爸答道。

妈妈笑了,爸爸又接着唱:

> 我要留在迪克兰,
> 生死都在那儿,
> 　向前,向前,向前,
> 　向很远的南方前进!

轻快的节奏让劳拉想从床上下来,但她只能静静地躺着,生怕吵醒小琳琳。连玛丽也睡着了,可是劳拉一点儿也不困。

她听到杰克在收拾自己的小窝,然后满意地蜷成一团。帕蒂和佩特还在嚼着玉米。小兔儿马困了,在马车旁躺下来。

他们一家人聚在一起,在这辽阔的星空下,舒适地度过这个夜晚。

小提琴奏着一支进行曲,爸爸唱着:

> 男孩们,
> 让我们在旗帜下聚集,
> 发出自由的呐喊!

劳拉也想呐喊,但这时妈妈正透过车篷的圆洞往里看呢。

"查尔斯,"妈妈说,"劳拉还没睡着呢,音乐让她没法睡着。"

爸爸没有回答,但小提琴的旋律变了,琴声变得很轻柔,就像一首摇篮曲,带领劳拉进入梦乡。

劳拉慢慢闭上眼睛,她开始想着那无边的大草原,那随风飘摇的青草。爸爸的歌声也一起摇晃着:

> 轻轻摇着桨,
> 划过波光粼粼的水面,
> 橡木舟像一片羽毛,
> 轻轻地划着。

Little House on the Prairie　草原上的小木屋

亲爱的,
让我们漂过大海,
走过白天黑夜,
让我们一起相守相随!

小书虫读经典